Best Time

白马时光

你不必活在别人的期待里

小木头——著

WORKS

百花洲文艺出版社
BAIHUAZHOU LITERATURE AND ART PRESS

你要成为独特的自己，

而不是伪装成一个完美的别人。

不要把过多的时间和精力拿去抱怨、委屈和痛苦，

是寻找自己喜欢的事，去奋斗，去坚持。

分寸感不是疏远，不是冷落，不是傲慢，更不是不尊重。

而是我们站在自己的角度上，认识自己的位置，懂得分寸，对自己有清醒的认知。

有时间去烦恼别人的评价和眼光，不如先让自己变得更强大、更好一点。

目录 contents

Be yourself,

but be your

best self.

目录 contents

PART 2

幸福不是你想的那么浅薄

Be yourself,

but be your

best self.

目录 contents

PART 3 我一定要活成我想要的样子

Be yourself,

but be your

best self.

目录 contents

PART 4

做一只优雅的刺猬

Be yourself,

but be your

best self.

我愿意浪费一些时间、精力和金钱在没有目的的事情上。

人与人之间的感情，亦是如此，不必那么功利。

那么静默的时光，正合我意。

愿我们都学会与自己相处，安然享受，一个人。

也许我们这一生，会做很多错事，

做出很多错误的选择，

也或者，爱错了人，走错了路。

但永远不会错的是，学会爱自己。

推荐序

决心人生就只为值得的事情而活

文 | 杨熹文

第一次读到小木头的文章时，我正经历人生的痛苦期，迷茫连同氧气一起吸入身体，每一天在钟表的嘀嗒声中察觉到身体变得厚重。

毫不夸张地讲，如果不是那时看到小木头的那些文字，我差一点就失去了幸福的能力。她在一篇有关“低配人生”的文章中写道：“所谓低配人生，并非让你压缩生存空间，降低生活质量，而是在这个充满选择与欲望不断扩张的世界里，学会辨别与放弃。”

我打包好一居室的垃圾，也打包好自己的烦恼，决心人生就这么只为值得的事情活吧。

事实也真的如此，我从此未再遇见太难过的事情。

那之后，小木头的文章流传甚广，与那些抱有急功近利心态的文章不同，当所有人都尽力踏着别人希望攀爬到社会的顶尖，小木头却平静地说：“何必苛求成功，努力做个幸福的普通人不好吗？”

小木头的行文透露着日本作家松浦弥太郎的风格，传达的信息也有与其相似的智慧：幸福是由生活最基本的事情构成，若心态平和，稳步向前，就能拥有体面而认真的幸福。

我从那时开始，就在朋友圈里潜伏着看小木头的生活，我遥远地把她当作自己的向往。她以为这是普通的幸福，这却是 90% 女人的愿望：她喝茶插花，热爱烘培，常常在午后的阳光里用一块自制的蛋糕配毛姆的文字，也愿意和旁人分享家人充满幸福味道的生活……我观望着，羡慕着，模仿着，这是我深以为的人生本真的模样。

后来与小木头成为朋友，与她吐露心扉，才发现她的另一面人生。

她是个温柔的人，也有坚决不妥协的一面。她始终保持经济独立，执着自己所热爱的事业：写作中做一个执着梦想的写字人，工作上做一个尽善尽美的强者，生活里做一个尽职并且有趣的母亲和妻子。

有人说过："最完美的女人便是如此，事业上坚定，生活上温情。"小木头无疑是这样一个人，无论在事业与生活上都堪称完美的人。

在她的这本书中，除去温情细腻的生活描写，还有犀利明朗的励志故事，一个女人的成长和幸福哲学，都描述在文字的字里行间，那是她来时的路，正以最真诚的方式向读者叙述。

这本书会以最清晰的思维告诉你，一个女人如何过上励志也温情的生活，如何过上不令自己后悔的幸福人生。此时我在微博上看到她说的一句话："还是要爱这五彩斑斓的世界呀。"

一个女人的成功，是事业上的坚定，生活上的温情。

一个作家的成功，是文字上的真诚，思想上的睿智。

这几点特质，小木头都集齐了。

2017 年 2 月

自 序　不要让世界喧嚣，扰乱你的步伐

整个2016年，都很忙乱。

告别住了十年的房子，搬进了新居，从装修到入住，大半年的时间里，每一天都像是在打仗；

豆豆哥成了一年级生，从前悠哉游哉的小朋友，渐渐有了压力，陪他一起适应，和他一起成长，我们也成了新升级的父母；

而我自己也经历了“巨大”的变化，离开了工作十多年的杂志社，这份工作是我还未迈出校门就开始做的，这十多年我们休戚与共，互相成全，所以真的不是说一声“辞职”那么简单，有点像是跟从前的时光和记忆剥离，有一种钝感的疼痛。可是我知道，若是我想往前走，就必须经历这种疼痛，慢慢走去我想要去的地方。

……

一整年，再忙再乱，再蓬头垢面分身乏术，却也一直在写。

有时候觉得很奇怪，偶尔休息不好，混混沌沌，但是只要坐在书桌前，打开电脑，立刻就有了精神，就可以全神贯注地码字。

大概因为太知道来之不易，所以就格外珍惜吧。

2007年前后，我在工作之余给一些杂志写稿。

自己喜欢，又能赚零花钱，就特别开心。有时候心中还有点得意，

自己的名字可以出现在大牌杂志上，心中欢喜：也许在写字这条路上，我还是很有前途的吧？

机缘巧合，我有两个亲近的朋友在无意中，先后跟我透露过同一个说法：有创作欲望不代表有创作才华，很多人某个阶段能够写出好东西，但也可能只是昙花一现的灵感而已。

他们也并不是针对我。但说者无心，听者有意，这几句话像是炮弹一样，在我面前炸开来，真的是五雷轰顶啊。

那些欣欣然的良好感受，那些想要实现作家梦的小心思，那些“我还有点小才华啊”的自信心，灰飞烟灭，不复存在。

因为我忽然开始怀疑，我那些能够顺利发表的文章，我那些能够被刊登的小说，大概也是某个阶段我昙花一现的灵感吧，也许不是真正的才华吧？大概是我太高看自己，甚至误解了自己吧……

从那之后，我居然一蹶不振，写得少了，发表的就更少了，在之后的三年时间里，从自己的创作小高峰一下子跌落到低谷；更可怕的是，这仿佛是在验证那个说法啊：看，被人说中了吧，你那只是创作欲望，你如果有才华的话，现在怎么可能没有好作品出来……

陷入一个恶性循环。不相信自己能写好，就很少写；写得越少，就写得越不够好，更加怀疑自己。

直到 2010 年，我休完产假回杂志社上班，领导让我接手写卷首语，半是乐意半是无奈地接手之后，每周一篇千字随笔。

我的自信也就是在这个过程中逐渐重塑的。写得多了，慢慢写出了自己的风格，偶尔写得还可以，会被相熟或者陌生的读者夸赞几句，渐渐居然就有了自信，写出了一片小天地，那些文章后来集结成了一本书，就是《最好的时光刚刚开始》。

再后来开了个微信公号，开始写啊写，不管是被大规模转载，还是只是自娱自乐，我都不那么在意。

写作渐渐成了我重塑自我的一种方式，我不再那么在意别人的说法与看法，我渐渐成了我，自在随性的我，幸福自由的我。

那是一个漫长的过程，在三五年的时间里，我从初出茅庐的狂妄自信到陷入自我质疑的低谷之中，再到通过一点点摸索和努力，找到自己的方向，真的是一个漫长而痛苦的过程。

但这也是我最大的幸运，毕竟我还能找到这样一条小路，实现我的梦想，做我最喜欢的事情。

我知道，我比很多人幸运。

写作是我喜欢的事情，也是我人生的救命稻草，在痛苦最疲惫、最无助的时候，写作救了我，它给我一个喘息的机会，给我一个看待世界的不同角度。

也是在写作中，我更加了解自己，变得越来越像我，真正的我。

我相信努力，相信奋斗，我相信一个人只要付出就会有收获，我也相信，幸福迟早会抵达，只要我值得。

我把这些，都写了下来，写给跟我一样有过困惑、痛苦、烦恼的人们看。

这是我与自己对话的过程，也是我向这个世界的人们表达我善意的方式，我想我找了到那条幸福之路的方法，也许，对别人有一点点帮助吧。

这也是这本书中大部分文字所要表达的。我想让我的亲爱的读者们知道，这个世界有千万种活法，也有千万种幸福，只要你肯相信肯努力，你终将获得属于自己的那一份，真的。

哪怕周围的人不相信你，你也要相信你自己，不要随便因为别人而改变自己的方向，不要被世界的纷扰喧嚣，打乱了你的步伐。

毕竟，你要成为你自己，而不是他她它，对吗?

还是要很感谢过去那几年觉得略微艰难的路啊。

因为跋涉过，艰难过，烦恼过，所以更加明白自己想要的是什么，想成为什么样的人，想做什么样的自己，而且无比坚定，这大概是我最大的幸福和收获。

而这些，我想一一说给你听，但愿对你有那么一点点帮助，也好吧。

这本书能够顺利出版，还是要一一感谢——

谢谢我的父母，如果没有他们的帮助，我大概很难有那么多精力写作；

谢谢我的公婆，他们对我的理解让我觉得自己真的很幸运也很幸福；

谢谢克莱德先生，他给予我很多耐心和理解，替我分担了很多；

谢谢豆豆哥，妈妈永远爱你；

还要谢谢亲爱的叶萱，你给我的鼓励对我很重要；

谢谢亚娟、王瑜和洁丽，谢谢你们的帮助和专业；

谢谢老杨，虽然在异国他乡，但总觉得就在咫尺；

谢谢我的闺蜜李颖、苗苗和晓娟，谢谢你们忍受我的坏脾气还对我好；

谢谢所有爱我和我爱的人，谢谢你们对我的担待，爱你们。

小木头

2017 年 2 月

Be yourself,

but be your

best self.

时间是一种滤镜。它帮我们更好地看清一切，让我们看清来时路，也看清要去的方向，它会一点点把我们打磨成我们想要成为的那个人，而前提是，我们从未放弃过这种努力。

成为自己，是最棒的事

PART 1

我喜欢你，因为跟你说话一点都不累

一个人的沟通能力，非常重要。会表达，只是沟通能力的其中一项，更为关键的是，你得会听。世界上那么多有趣的人、有趣的事儿，没人愿意跟不会说话的人费劲。

我特别喜欢跟“说话不累的人”交往。

这种人，要么特别聪明，一点就通，你说个开头他立刻就能领会接下来的意思，特别有那种“心有灵犀”的感觉；要么特别真诚，让你可以知无不言言无不尽，不用千回百转费尽心思解释；还有些呢，沟通技巧未必有多高，但贵在简单直白，直奔主题，特别好。跟说话不累的人交往、合作或者谈恋爱，特别舒服，沟通成本大大降低，不必过多耗费我们的时间、精力和心情。

总之，我喜欢跟这种人交往。

跟一个人沟通是轻松还是疲惫不堪，会左右我对一个人的印象、态度。

尽管沟通能力是不同的，有的人擅长表达，有的人则差一点，但大多数时候，态度决定一切。

有时，你跟一个人沟通吃力，是因为他永远心不在焉，永远顾盼左右，你认真地解释清晰地表达，他却哼哼哈哈，过半天再问你："什么，你说的是什么？"我真的非常讨厌这种人。

因为这是对人的不尊重，这种人无论是私人朋友还是工作关系，我都会敬而远之——如果是工作不得已，那也一定在完成工作之后，敬而远之。

有一天，我发了几张喜欢的书店照片，有个人问我是否可以转发朋友圈。我说可以啊，告诉他其中有几张是我去过后拍的，还有几张没去过，是网上看到了很喜欢存下来的。理解力不是特别差的话，应该能看懂吧？！

但过了一会儿，他问："啊，这些地方你都去过吗？！"

我重复回答："不是。其中几个我去过。还有几个没去过，网上看到的。"

他又奇怪地问了好几个完全不知道为什么的问题，后来，终于转了朋友圈，胡诌了几句话说什么"听说这年头不去书店装B不好意思说自己是文化人"。

我当即拉黑了他。

我猜不透是他的双商有问题，还是沟通能力差导致我的反感，总之我的判断中，这种人不但不能给我带来任何有意义的东西，反而很有可能因为无聊提问而浪费我的时间。哪怕是公号里从未谋面的陌生读者的提问，一般情况下我都会回应的，但如果一个问题我清晰地表达了观点之后还在同一个层面上追问不休的人，我就无力招架，逃之天天了。大家各自安好吧。

时间是最昂贵的成本。

它一分一秒过去之后，永远无法找回来，无论你多有钱，多有才华，时间都不会因为你而停驻，它从来都是毫不留情地过去，嘀嗒嘀嗒地溜走。

我不能把自己每一秒都是新鲜的、独一无二的时间，浪费在语焉不详、沟通有难度还不怎么尊重别人的人身上。

如果一个人的理解力有问题，那我们可以多付出点耐心，慢慢解释给他听——面对小朋友的时候，不就是这样的吗？当许多问题他们无法理解的时候，我们是可以慢慢解释的。

但如果因为一个人的心态而造成沟通障碍的时候，就真的没必要那么“苦口婆心”了。

一个人的沟通能力，是非常重要的。

会表达，只是沟通能力的其中一项，这里面有很多天生的成分；若是你不那么会表达，把话说明白就可以了，没人苛求你非得嘴皮子特别溜。

更为关键的是，你得会听。

认真听，还要用心听，不仅仅是带着耳朵，要不然左耳朵进，右耳朵出，别人需要你给出反馈的时候你呆若木鸡，有问题需要你思考时，你的心思早就不知道跑到哪里去了，不要说思考，问题都没听明白。

谈合作时，坐下来几分钟我就能够判断出坐在我对面的这个人是什么心态——有的人满口“好好好”，其实一句都没往心里去，这种合作一般不会成；有的人一会儿接电话一会儿摸手机，全程都很忙，根本不听你说话；还有的人，说得很热闹，热火朝天地跟你讨论合作模式传达他的理念，但谈的话题根本离着两万五千里，这也基本上是在浪费时间。

这些人我遇到不止一次。

曾经有人辗转联系到我，合作的心意特别迫切，于是我去跟他们聊，看能不能找到结合点。

不到十分钟，我就对这件事失去了兴趣和信心，对方全程都在炫耀他们的业绩有多好，事情做得多完美。我试图把话题拉到合作这件事上，他们重复一下“对啊，看看有没有什么能合作的点”，然后又继续跑偏……这哪里是谈合作啊，这是一次成功的自我表扬大会啊！

后来，果然不了了之。而我完全没有一点点再跟他们沟通的欲望，跟他们说话太累了。不在一个频道上的人，尽量少打交道。尤其是那种可有可无的交道，就让它们自然而然地消失吧，不然你会付出太多而收获极少，关键是特别费时间。

这些年，我愈来愈不喜欢跟人家“辩论”。

一件事情，不一定非要有个定论，你有你的观点，我有我的想法，大家和而不同，互相倾听一下对方也是很好的，为什么非要争个对与错，甚至鱼死网破？

我对于持有“我就是对的”的人抱有敬畏之心，也总是敬而远之，因为不知道什么时候哪句话就触动了他偏执的好胜心，非要开一个辩论会，争个高低，唉，累不累啊?

我跟闺蜜经常因为一些小事儿各抒己见，我说一二三，她认为四五六，争论几句就聊别的去了，懒得继续下去。

我和克莱德先生的观点也有许多大相径庭的，而我们奉行的就是“和而不同”，哪怕是夫妻，也没有必要非要争出个结果来，又不是关系生死的大事儿，何必那么认真。

当你跟一个人说话不累的时候，当然会愿意跟他多说几句，跟他多交往一些，因为你一点他就懂，或者他跟你意见不同也没什么关系，你们发现这种差异也很有趣，甚至启发你的思考，这样多好。

唉，我是越来越不能跟说话累的人交往了，世界上那么多有趣的人、有趣的事儿，我何必在他这里费劲呢。

对不对?

你认识谁，当然很重要

当你认识那些比你优秀、比你出色、比你努力的人时，你会明白更多从前觉得浅显如今却一再被证实的道理，你会不再轻易自满，而是更加踏实，更加努力。

“你认识谁，并不重要，重要的是，谁认识你。”——这句话一度被许多年轻人奉为座右铭。

减少无效社交，不要把所谓的人脉资源当成真正属于自己的“能量”，这当然是对的。

但从某种角度来看，这句话又不完全正确。

“你认识谁”，这也是一件很重要的事情啊——这个认识不是所谓的“我跟谁吃过饭”“我见过谁”甚至“某某是我朋友的朋友的好朋友”这么浅显，而是真正的认识、知道、了解。

做媒体的日子里，我的确“认识”蛮多人的。

这份职业本来就是与人打交道的，所以我的采访名单和电话本里，多的是明星艺人、主播网红、名模画家、本地名流，这些都是我生活圈子之外的人，有一些名字看起来还挺令人神往的——刚刚走红的姚晨、正在崛起的海清、尚未成为情感专家的网红 Ayawawa……最初一两年，我和很多人一样还挺兴奋的，“哇，我见到了谁谁谁！我采访了某某某！可以见到好多名人啊！”

后来……就越来越淡定，甚至越来越无感了。

因为随着年龄增长，工作资历越来越深，会更加清楚地认识到：这种所谓的“认识”，不过就是一次短暂的会面，几通电话，是彼此在工作中的偶遇罢了，回到各自的角色和身份里，就再也不会有任何交集。

与之相似的是，许多人热衷于各种社交活动，奔忙在各种酒局、饭局、人情局之间，梦寐以求想要认识各种风云人物、行业大佬。梦想成真当然也是有可能的，饭桌上的推杯换盏，称兄道弟，一见如故，换回来的不过是一句“我们一起吃过饭”抑或“我前几日刚见到他”，剩下的，就再也没什么了。

这只是一种非常浅薄的“认识”。因为带着功利的目的去的，是一种单方面的渴望、激进，几乎产生不了任何互动，这种“认识”效果可想而知。

那些传说中在酒桌上谈成的事情，一定都是在酒桌下就思量好了的，不过是换个地点来最后确认罢了；而在酒桌、饭局中认识的人，更重要的是在离开这个场合之后是否还认识你，否则，效果是零。

我们的确应该多认识一些人。

尤其是那些比我们更优秀、更有见地的人，行业中的精英，有丰富的人生阅历和精准的眼光，见过世面并且真正有思想的人，我们应该找机会去认识这样的人，哪怕是聆听，哪怕是在一旁观望，只要去学习，都会获得意想不到的惊喜。

作为普通人，我们的生活圈子不够大，视野也颇多局限，所以，我们真的很需要通过认识这样的人来打开更大的世界——不仅仅是知道他的名字，有过一面之缘或者是有个电话号码，而是真正地有所了解，看到他做的事，认识他为人处世的方式，把这些变成一种滋养，对自己的人生有所裨益。

早些年，我刚开始给杂志写稿时，辗转认识了很多期刊圈颇为知名的编辑，有他们的 MSN、QQ 或电子邮箱，建立了联系，但这认识非常“狭窄”——我投稿，对方拒绝或者接受，多一句解释都不会有，更不要想得到点评或者提携。

后来，是 P 姐真正把我带进了杂志写作圈。

我跟 P 姐在 MSN 上沟通了几次，彼此印象很好，她开始把一些策划稿件交给我写，而且会传授给我一些技巧；在我们的 E-mail 来往中，她还点评和指导我的短篇小说写作，每一次都提纲挈领，直击要害。所有这些，都让我受益匪浅，飞速进步。

在那之前，我只能靠自己慢慢摸索，对于杂志的写作方式和喜好，基本上靠“猜”。但是 P 姐浸淫时尚杂志多年，有深刻的理解和套路，也有很多经验传授给我，我积极的态度和不断的进步也让她觉得有成就感，久而久之两人相互促进，合作得非常愉快。

后来，我还遇到过另外一个特别赞的编辑 QQ，她是个性格直爽火辣的成都妹子，做事风格是从来不敷衍客套，而是犀利、直接，会不客气地指出我文章的问题之处，看到我灰心丧气也会加以鼓励，以她特有的方式让我更为系统地进入杂志写作——从撰写采访提纲，到提问技巧，再到写成报道时的行文风格。

如果没有她，我的文章大概不会有机会出现在一线大刊上，也不会有那么多受用一生的经验。

当你真正认识到优秀、出色的人时，你的眼界会被打开，心胸会随之变得开阔，你会知道这个世界不仅仅是自己生活的这个小圈子，而是还有很多聪明、优秀、出色的人，还有很多有趣的事等着你去发现、去感受。

2013 年，我开始写微信公众平台的文章，心血来潮，什么都写。渐渐发现有读者喜欢，还挺自得的，当然偶尔也觉得很辛苦。

后来我认识了一个大号的运营者，知道他从来没有在晚上 9 点之前吃上过饭，突然就觉得自己之前喊辛苦真的很矫情啊。

跟几个做城市公号的朋友深入地聊了几次之后，听到他们说从选题策划到具体执行再到排版一直到读者反馈种种细节的把控，我再也不敢对自己的公号那么随意地处理了，“躺着涨粉”根本就是天方夜谭啊。

偶尔当我心浮气躁觉得写得用心却得不到回应的时候，同样写作的朋友说起他一篇文章会再三修改，甚至一上班就开始琢磨写什么……噢，这时候你还有什么好抱怨的？！

当你认识那些比你优秀、比你出色、比你努力的人时，你会明白更多从前觉得浅显如今却一再被证实的道理，你会不再轻易自满，而是在“比我优秀的人还这么努力”的激励下，更加踏实，更加努力。

你抱着功利的态度去认识很厉害的人，抑或想通过认识足够多的人来铺设一条“成功之路”时，心中一定要清楚地记得：对方对你的最终认可一定是通过你的实力来判断的，而不是你“认识”他这个理由。

我们应该打开自己看世界的双眼，用心去感受外面的风，勇敢地去接触小圈子之外更广阔的世界，去尝试做更好的人——许多时候，只有当你看到什么是更好的，你才会激发内心对于“更好的自己”的渴望啊。

千万不要去追求理智告诉你不可能得到的东西

过恰到好处的生活，拥有能力范围之内的物质和理想，你才会慢慢放下忐忑和焦虑，理性地看待当下的生活，规划好想要拥有的未来。

“满足感的最大秘密在于，绝对不要去追求理智告诉你不可能得到的东西。”——我在一本小说里看到这句话时，心里一颤。

很多觉得自己不够幸福、不够如意，当然也就不够快乐的人，恰都是因为不满足——对生活不满足，对感情不满足，对物质不满足，对一切都不满足。总是期待拥有超过自己实际能力的物质、生活或者“理想”，是一件很危险的事情。

讲真，有些你很想要的东西，可能你永远也得不到。

比如永远都无法实现的暗恋、超过自己承担能力的物质，以及永远都无法抵达的成功巅峰——尽管许多人都在心中描摹过很多遍那些天花乱坠，它们美好如天上的繁星点点，但是因为得不到，就成了执念，成了痛苦的源泉。

这种不满足，可能会促进我们成长，也可能会令我们堕入深渊。

我认识一个女孩，“80后”，长相平平，学历不高，我们认识时她已经有了男朋友——在大公司上班，工作稳定，长相帅气。

谈了两三年，他们结婚生子，她却觉得自己进入了不如意的人生——

起初，是经济捉襟见肘。她埋怨他赚钱太少，埋怨过之后，又不顾已经负担的房贷，买了昂贵的汽车和车位，同龄的年轻人还在赤贫阶段，他们就债台高筑地过上了中产阶级生活。

接着，打算怀孕生子，她提前一年辞掉了工作，做全职太太。她说自己认识的女孩都这样，女人又要打理家务又要出去工作太辛苦了，却不是很在意丈夫每天早晨五点就要起床去赶班车这件事。

然后呢？孩子出生之后婆婆来帮忙照料，初心是要减轻她的负担，却没想到成了雪上加霜。她嫌弃婆婆没有钱帮衬他们，又说婆婆不懂育儿知识是个废物，一天到晚找碴儿跟婆婆和丈夫吵架，半夜传来鬼哭狼嚎时，邻居们只能摇头。

再然后？她换了大房子，借了很多钱，又陷入埋怨婆婆没钱给自己的死循环。大女儿刚两岁，小儿子就出生了，一边抱怨丈夫赚钱太少不能给孩子买进口奶粉，一边找中介四处去看贵死人的学区房……

她两片薄薄的嘴唇上下翻飞，盘算说：“一万多一平方米也是划算的，毕竟以后家里是两个孩子上学，但是卖了现在住的这套，钱还差好多，还得借钱，公婆家又帮不上……”一边盘算一边痛苦，一边打算一边透支。

我看着她，像是看一个怪物。

她的心是个无底洞。

她总是不满意，总是不满足，总是不快乐。在我们认识的这些年里，从未听她说过开心的事情，她大概真的是那种很难得到幸福的女人吧?

哪怕是透支金钱，哪怕是靠着非理性暂时达到了自己此刻的要求，满足了此刻的欲望，可是接下来，又会陷入新一轮痛苦中，而总有一天她的生活会被“不满足”吞噬。

不满足，有时候是源于对自己能力的不满，还有时候，则是无视自己的能力范围，失去理智，被欲望控制。

有的人当然可能会因为对当下的不满足而奋起直追，只要有能力、肯努力，你迟早会拥有自己想要的生活；但也有的人，在“不满足”的鼓动下，失去对人生对生活的理性控制，陷入一个怪圈中，难以自已。

过恰到好处的生活，拥有能力范围之内的物质和理想，你才会慢慢放下忐忑和焦虑，理性地看待当下的生活，规划好想要拥有的未来。你不用殚精竭虑，更不必如履薄冰，你知道自己有多大能力，你只要努力就好，只要坚持就好，只要奋斗就好。

哪怕辛苦一点，麻烦一点，或者需要动脑子想办法找一些工具来帮忙。当将它们收入囊中，那种快乐和满足的感觉，是难以言喻的。

但你不能企图去摘一颗星星，哪怕你再渴望，都无济于事，这种超乎能力的欲望所带来的除了痛苦，可能还是彻底的绝望。

“有些你很想要的东西，你可能永远也得不到。”等你真正懂得这句话，恭喜你，你成熟了。

不要习惯与痛苦为伴

反复诉说自己的痛苦，重复表达自己的不如意，总在不得志的那个地方徘徊，会让你感受到十倍二十倍的痛苦，时间久了，你会把这种悲催，过成你真正的人生。

一生之中，我们都会或多或少地经历一些痛苦——遇人不淑、选择错误、人生挫折、爱恨情仇……每一次，它们迎面袭来的时候，都像是人生的一次重大转折，即便有些算不上晴天霹雳那么严重，但也会让我们心情郁郁，暗自神伤，甚至苦闷徘徊很久，不知该如何解脱。

类似的经历，几乎人人都有，为着不同的事情——升学，感情，工作，亲人关系或者其他。

幸福的笑脸看起来总是相似，而痛苦的模样却是千姿百态。

有些时候，人们遇到痛苦、麻烦，会向人倾诉，无论从感性角度还是心理学角度，都被认为是一种很好的出口，有些人倾吐几句内心就会释然；但有些人却并不适合这种方式，每一次倾诉，他们都在加重对痛苦的感受力，甚至愈来愈觉得自己可怜又可悲。

也因此，当这类人一而再再而三企图向我表达他们内心的痛与伤的时候，我会劝慰几句，表达理解，到最后我会告诉他们："有些痛苦，不要对外人说。你该做的不是倾诉，而是要正视那些让你痛苦的事情，不要与它们为伴，而是要战胜它或者忘记它。没人能帮得到你。"

没有人真正像你一样体会那种痛苦，哪怕再爱你的人，也没有办法达到。那种深切的难过和悲伤，除了你自己，任何人都无法感同身受。

哪怕我会理解，会懂得，可是到最后，我仍然无能为力。真正能够跨过痛苦河流，能够治愈累累伤痕的，只有你自己。

朋友曾经感慨过她姨妈的人生，那是一个"不幸女人的故事"。

姨妈小时候父亲早逝，家境贫困，身为长姐她早早辍学赚钱养家，帮母亲撑起家庭，带大弟妹。成年后，她结婚生子，又帮着弟弟妹妹们成家立业，是人人都钦佩的贤惠勇敢的姐姐。

人到中年，姨妈身上的重担逐一卸下——她的孩子长大成人，有了自己的生活；弟弟妹妹们结婚生子，独立门户；母亲身体健康，含饴弄孙享受晚年生活。这原本是一个苦尽甘来的Happy Ending，但是却画风突转。

姨妈回望自己过去几十年的人生，觉得异常委屈：她这些年一直在为别人付出，但他们的感恩并没有那么深切；她想到母亲年轻时重男轻女，对自己实在凉薄，不仅更是悲从中来，渐渐竟生出恨意。

她开始喜欢向人倾诉，弟妹的不懂感恩，儿女的不知好歹，母亲年轻时对自己的各种刻薄，所有那些她吃苦承担起来的家庭责任，此刻变成了獠牙利齿，在一次次倾诉中把她的内心啃咬得伤痕累累……

她不再跟老母亲来往，发誓老死不相往来；四十岁之后，她成了一个不会笑的女人，永远都是一脸戾气；她变本加厉地干预和操控子女的人生……

没有人愿意做她的朋友或者邻居，因为她见人就控诉自己的“不容易”，数落别人对她的不好，将所有的责任全都归结为再也回不去的从前。时光无法穿越，于是她在一次次倾诉中把责任转嫁到家人头上，并且发誓不肯原谅——哪怕认识几分钟的陌生人，她也会轻车熟路地把话题转移到这上面来。

她的痛苦、委屈和愤懑，是她当年吃过的苦，原本应该是苦尽甘来，尽情享受幸福后半生的时候，她却将自己牢牢捆绑在痛苦的泥沼中，不肯抽身离开。

絮絮叨叨跟人诉说一辈子的委屈与不得志，又有什么用呢？

她四十岁之后的人生原本有机会幸福、如意，但却在她反刍痛苦的过程中，灰飞烟灭。

反复诉说自己的痛苦，重复表达自己的不如意，抑或总是在自己不得志的那个地方徘徊，会让你感受到十倍二十倍的痛苦，而且时间久了，你甚至不知道该如何去反击、改变，只会沉溺在痛苦中，以为这就是自己悲催的人生。

我几年前认识一个男孩，他向我讲过满心理想难以实现的郁闷，他失眠，他痛苦，他试图有所突破而不得。当时我鼓励他，失败也不要怕，多试试看嘛。

谁承想，在我们认识的几年时间里，每一次聊天他的话题永远都是“我满腹理想却无法实现，我好痛苦，我好难过”，我却再也不想多说一句话。

当一个人把经历过的困难和痛苦，化成心中的怨恨与恼怒向别人倾诉，却不真正去做点什么以求改变的时候，真的是一种可悲的懦夫行为。

所以，有些痛苦，还是不要跟别人讲了吧。

讲一遍是倾诉，两遍是倾诉，讲到第三遍，不过是在陈述自己的无能，越来越看清自己有一颗多么苍白无力的心，是有多可悲。

久而久之，就只剩下麻木。

在艾丽丝·门罗的短篇小说《逃离》中，女主人公曾日思夜想要离开自己的丈夫，终于有一天，她在女邻居的帮助下逃上了一辆去向远方的大巴车，要去追求自己日思夜想的自由生活。可是中途，她下了车，又回到了丈夫身边，回到了她从前渴望逃离的苍白生活。

她的心中从此有了一根针，每当她走近那个畅想过自由、差一点就完美逃离的地方，就会隐隐作痛。于是，她再也不走近那个地方。

是的，如果不能离开痛苦，就只能麻木自己，习惯与它为伍。

大学刚开学军训时，我曾非常痛苦，许多小动作我做不到规范，教官会板着脸，拿着小棍敲在我抬得不够高的脚踝上。疼，且有一种被羞辱的感觉。

晚上睡不好，早晨又要起很早，再加上时常被教官教训，几天下来我快抑郁了，但又无计可施，除了努力做好该做的事情，只能是继续训练，继续挨训，好不容易挨到军训结束，才长长舒一口气。

很久以后，班里一个女生对我说："我还记得你军训的时候板着小脸儿，认真得我看到就想笑！"我笑了笑，没说话。

她永远都不会明白，我那一份认真与投入，是在自我治愈。

因为经受过挫折和羞辱，所以每一次军训别人轻轻松松应对的时候，我都会打起十万分精神来做好。我不会向别人倾诉军训多痛苦，教官多讨厌，我需要的是把自己的事情做好。痛苦的根源被切断之后，一切不就迎刃而解了吗？

这是我对待痛苦的态度——要么忘掉，要么战胜。

我永远都不会和痛苦相伴，让它和我如影随形，成为我的"好朋友"。

我可能不是最优秀的，那又怎样

所谓的“最优秀”，是跟别人比较得来的。哪怕我们不是最优秀的那一个，我们也可以成为最好的自己，而这，才是我们做任何一件事的最终意义。

克莱德先生回家的时候，我正坐在沙发上发呆。

午后下过一场雨，外面的天色看上去特别适合来点小忧郁。在那之前，我在房间里闷头踱步了好一会儿，把杯子从各个房间收拾出来拿去洗，烧了一壶水泡茶，还给一盆花浇了水……但仍觉得心神不宁。干脆坐下来发会儿呆。

他坐下来同我聊了几句。偶尔我这样神情恍惚的时候，他会提议下楼去散散步，有时候就陪我说说话，等我慢慢从低沉的情绪里走出来，又活蹦乱跳，恢复如初。

我们一起剖析我为什么不开心这件事。

也没有特别具体的事情，不过是阴雨天气里容易陷入一些奇怪的情绪里。啊，想到行业的前景灰暗，想到在做的事情没有头绪，想到很努力每天更新公号可有时候阅读量实在令人灰心，想到我身边的许多朋友都变成了传奇而我好像还一直在原地踏步……这么说起来特别像学生时代考试后发下成绩单的心情啊，明明觉得已经很努力了，结果却依然不尽如人意。

他说：“有时候你得承认你不是最优秀的那一个啊。”

这句话一下子闪到我心里。

可能他只是顺口说说，对我而言却是醍醐灌顶。

我们总是表扬不服输的人，现在想一想，不怕输的人很伟大，而不服输的人却要分成两种。

有一种可能是，不服气，再挑战，超越自我，有可能就真的战胜了困难和问题，获得了成功；而还有一种可能是，输了也不服，再输还不服，对问题没有客观的认知，屡败屡战，屡战屡败，最后也不过是把屡次的失败当成另一种巨大的成功，那些失败也就成了日后用来咀嚼的传奇。这种人更多是偏执和负气的，于事无补，也无法成就自我。

所以，不服输未必就一定是好的，在恰当的时候，要学会认输，承认自己的局限，接受自己不是最优秀的这个事实。

这不是胆小怯懦，也不是退步，而是一种不对自己步步紧逼的做法，是在放过自己。

从学校到职场，这些年，我和很多人一样都在追求成为最优秀的那个人。

上大学，我是专业成绩好的那个，是拿奖学金的那一拨；工作后我是积极努力的那个，是几乎每年都能评优的那一拨。尽管工作之后大家对名次不再如学生时代那么在意，可是我的心里却总是有一个标准：我必须是最优秀那一拨里的。

如果一直在一个小圈子里，这样的目标对于资质还不错又肯努力上进的人而言，是可以实现的；但问题在于，如果你一直抱着这样的心态，当你进入一个更大的世界，有了更大的圈子，身边是一群比你更优秀、更有天分的人时，骤然发现自己不是最强的那个，就会有巨大的落差和深深的失落。

好多东西都是相对的，此刻的优秀在另外一个环境里可能只是平庸，而此刻的资质平平在另外一个氛围里，也许是耀眼夺目。

所谓的“最优秀”，是跟别人比较得来的。我可能永远都成不了最优秀的那个，因为永远有人比我聪明，比我有天分。

但我可以跟从前的自己比较，追逐自己一直以来的梦想，达成自己的愿望，这不才是我的最终目的吗？如果我能够跟自己和解，那么我就可以减少很多焦虑，省去很多麻烦，同时也不会因为周围的人比自己优秀而变得郁郁寡欢甚至心急如焚。

我会给自己更多的时间和宽松的环境，我会允许自己慢慢来，只要比自己从前写得好就可以啊，只要这本书比上一本书有提升就行啊，只要今天的我比昨天优秀就好啊！

真是豁然开朗啊。

跟女朋友吃饭闲聊，她说我的写作应该更有规划，尤其是微信公众平台上的文章，得有营销意识啊。

我惭愧地承认，我这么自由散漫的人，好多时候写文根本不考虑别人想看什么，而是，我现在想写什么。因为我必须写出我心中的困惑，我的所思所想，先为自己答疑解惑，疗愈内心，才有资格和立场去考虑别人啊。

是的，现在的我就像是《孤独的小说家》里的耕平一样——他在读了年轻的作家朋友写的小说之后，一度抑郁得很，因为他发现自己永远写不了那么好。后来，他慢慢走出了抑郁，因为无论如何写作是他热爱的事，是他赖以生存的技能，所以他先写自己想写的，写给自己看，把自己的事情做好再说，于是仍旧慢条斯理按照自己的步调修改稿子，撰写小说。

当你把目标从“最优秀的人”调整为“最好的自己”时，你会给自己时间，会允许自己慢慢来，这种感觉非常好。

我们总是说，孩子你慢慢来。现在我想跟自己和你们说一句：我们也慢慢来。

哪怕我们不是最优秀的那一个，我们也可以成为最好的自己，而这，才是我们做任何一件事的最终意义。

我一个人，也很好啊

那么静默的时光，正合我意。让我可以安静地问问自己想做什么，能做什么，成为一个什么样的人……愿我们都学会与自己相处，安然享受，一个人。

我不怕一个人。甚至，大多数时候觉得一个人，蛮好的。

舒服，自在，慵懒，悠闲。

尤其是踏入成年人的世界之后，一个人也很好啊，可以不看别人眼色，可以我行我素，更不必配合别人的步伐，做一点自己喜欢的事情，很棒啊。

大学时，我有四分之三的时间都没有谈恋爱，除了经常一起混的好朋友，大部分时候，我就是一个人。

一个人去图书馆。挑阳光特别好的位置看书，想几点来就几点来，想什么时候走就什么时候走，一个人看书的时候觉得感觉都不一样似的，看余华，看苏童，看张爱玲，看残雪，看得心有戚戚，目不转睛，在一排排书架间觉得自己特别渺小，但是又特别自在。

我经常一个人背着包晃进网吧，聊天、看邮件，在电脑还不那么普及的年代里，这是大学生们的日常。后来我和好朋友买了台电脑，无数个晚上，我一个人在寝室里，对着电脑敲字，这是整个房间里唯一的声音。

室友们有的在教室学习准备考研，有的忙着谈恋爱，我一个人在宿舍里，没觉得有什么不妥，也从未觉得自己离群索居的状态有什么不好，不过是做自己喜欢的事，成不成的，管它呢。

结婚前曾有一段时间，我一个人住在租来的小房子里。我去夜市买了一块浅绿色的布做窗帘，给那间旧屋子增添一点跳跃的色彩；每天很认真地给自己做饭吃，学网上的菜谱做差点煳了的红烧肉，也会做很好吃的凉菜；一个人入睡，一个人醒来，睁开眼睛回味一下昨夜的梦，再慵懒地爬起来；周末没事去办公室待着，上网，写字，很兴奋地跟编辑聊天，讨论有什么我能写的东西。

那么静默的时光，正合我意。让我可以安静地问问自己会做什么，想做什么，能做什么，然后慢慢地成长。

23 岁的我，不知道自己在期待什么，也许什么都没期待。生活，就是生活本身，无所谓好坏。

所谓好坏，都是我们的心情决定的。

即使恋爱结婚之后，我也常有一个人的时候。

我经常一个人看电影，有时候坐在最后一排，有时候是在中间位置。即便很悲伤的时候，我也会一个人去看电影，可以融入一个完全陌生的故事里，假装灵魂离开了自己，让那些消沉痛苦的情绪，也慢慢离开。

有次碰到了很烂的片子，我小睡了一会儿，电影结束走出电影院，觉得自己真是荒诞而有趣，忍不住笑。心里又充满力量。

一个人逛街也很好啊。看到喜欢的东西就试试看，怦然心动的那一瞬，不会犹豫地问别人“你看好不好啊”，而是告诉自己：“哎呀，不错。如果能买得起，那就买吧。”我有很多东西，都是自己逛街时候买的，买了许久依然喜欢。

我也曾一个人背着包，这里逛逛，那里转转，厦门集美、扬州老街、韩国的街头、日本的小店……我默默地带着一双眼和一颗心，看啊看，走啊走。

沉静下来的时候，觉得世界都不一样。

我一个人也喝茶，也烤蛋糕，也安安静静地看书、做笔记、写字。有时候心血来潮跑去花市，买几束花回来，在家里摆弄。

装修的时候，克莱德先生很忙，于是去挑家具，也是我一个人。在宜家，我慢慢走慢慢看，喜欢的就记下来，心动的就去让工作人员帮忙打订单。是有点辛苦，但又很享受这种感觉。

碰到好几对吵架的男女，年龄层不同，对话颇为相似。

男人说：“你得给意见啊！”

女人说：“我给你意见你又不听，你问我干什么？”

男人说：“那我也不能自己去买啊……”

吵得厉害的也有，声音很大，表情崩溃。

想起十多年前我们家装修时，邻家的一对情侣本来高高兴兴装修婚房的，到后来居然以分手告终。

他们说，装修是最考验感情的。

我倒是觉得，生活才是最考验感情的。爱情这件美好的不可理喻的小事儿，在生活面前，像是易碎的珍贵物品，若是没有人妥协，没有人宽容，没有人让步，没有人低头……那就只能硬生生地砸碎在地面上，因为没有人伸手去接。

伸手去接的那个人，大概爱得更深一些吧？

若是两个人都伸手去接，啊，那多幸福呢。

……

单身的时候，我们不得不一个人。

恋爱结婚之后，我们却不再习惯一个人，甚至，惧怕一个人。

与自己相处，是很重要的事。

这样的时间，会让你的心沉静，让你的眼睛更明亮，让你能够认真地思考，深入地去想：我到底是个什么样的人？我想要成为什么样的自己？

两个人固然好。一个人的时光，也很重要。

愿我们都学会与自己相处，安然享受，一个人。

这世界，只在乎你美不美

不为了给别人看，只为了在每一个平淡的日子里，清晰而自信地感受到自己，坚强而勇敢地朝着艰难的时光微笑。

“这个世界不在乎你真实的一面，它只在乎你美不美。”在女友的文章中看到这句话，想一想，啧啧，还真是有道理呢。

尽管素面朝天是许多人的爱好，但妆容精致、气质优雅的女生到哪里都令人高看一眼也是事实。大肆流行的“素颜妆”也并不真的就是一张苍白的面孔示人，而是更为低调、清淡地修饰自己而已。

曾经一度，我自认为很崇尚“真实自然的状态”，去参加各种媒体发布会，同行的女记者们穿好看的小黑裙，化一丝不苟的妆容，我却随心所欲地那天上班穿什么就以什么样的状态出席场合，内心的潜台词是“反正我是去工作的，反正我是去上班的，反正我是去谈事情的……”，总觉得没有必要打扮自己。

促使我的想法发生变化的，是一次访问。

彼时，采访一个女演员，其中一个环节聊到平时的化妆与保养。她说拍戏的时候化妆太多很伤皮肤，所以不工作的日子若是不需要化妆她大都素面朝天，紧接着她又加了一句："如果需要出门的话，逛街或者见好朋友，也一定要涂一下口红描一下眼线，这样显得人有神采，看上去状态好很多！"

那之后，我的包包里随时带一支口红，也真的发现，哪怕只是在嘴唇上点缀一下色彩，整个人也都会跳跃一些。

在日本旅行时，无论是街边小店里的老太太，还是MUJI书店里带着女儿挑选文具的年轻妈妈，或者是走在路上的OL，不同年龄层、不同职业的女性全都打扮得一丝不苟，精致得体，实在是令自诩为"女汉子"的我汗颜啊。

我真的为那种从容优雅的姿态所倾倒了。我坚信，那种一丝不苟对待自己的态度，会让生活变得更明媚、更有趣。

回国之后，我暗自发誓要坚持一件事情——哪怕在平凡、匆忙甚至黯淡的日子里，我也要化一点妆。

想想看，一年之中，大概只有不超过十天是我们所认为的"大日子"，见非常重要的人物，谈特别重要的合作，参加一次关系非常的聚会，抑或需要站在聚光灯下示人，必须要光彩四射。

这样的时候，化妆是一种表演，是让别人看到"我可以这样"的自我推销，这是必需的。

而在那些不是那么重要的日子里，我们应该给自己化一点"必需"的妆，让我们的生活别致，得到一点抚慰，一点营养，一点趣味。

我们大部分人的生活中，日复一日的是平淡日常，上班下班，吃饭睡觉，见到的多是熟悉的亲朋同事，许多人我们不会彻夜长谈，也不会有心灵交流，而他们看到我们甚至判断我们的，就是我们所表现出来的样子，你是美的自信的阳光的，他们对待你的态度自然也不一样，没有人会愿意靠近一个慵懒的邋遢的抑郁的人，无论他多爱你，总有一天会疏离。

而那些痛苦的日子，工作上遇到难题，生活里遇到挫折，抑或感情上遇到了问题，哪怕再痛苦辗转恨不得沉入谷底，也要记得，为自己化一点妆，让自己看上去不是要被痛苦击溃，而是能够笑着面对苦难。

在一部美剧中，律师提醒愁眉苦脸的代理人要打扮一下自己，“困难的时候，表面工作更重要。”

有时候，透过精神面貌、穿衣打扮、发型妆容所传达出来的信息，可能超乎想象。而其中的精神暗示，大概也是你之前尚未注意到的。

彻夜失眠的清晨，挣扎着爬起来，咬紧牙关不放弃这一天向好的努力，你好好洗脸，给因为心情不佳而略显暗淡的皮肤轻轻地拍一层保湿水，用喜欢的面霜轻轻地按摩皮肤，然后涂一层隔离霜，选颜色灿烂的那一支口红，轻轻地涂满嘴唇……你记得，对着镜子笑一笑，你的嘴角上扬，你的嘴唇那么好看，像是在给你加油鼓劲：“嗨，有什么大不了，一切都会过去！”

不过十分钟，你容光焕发，看上去不再那么忧愁，不再那么悲伤。

当然，你心里的悲伤并没有立刻消失，可是你知道自己有勇气面对，你一定可以熬过去，熬到重新灿烂的时刻。

在匆匆忙忙的日子里，我们的确需要更加庄重而认真地对待自己。

尤其是女人们，有太多事情要操心要奔忙，要上班、要顾家、要洗衣做饭打理家务、要照顾老公看管孩子……大多数职业女性多少还能得到丈夫的理解互相分担一下家务，而全职太太们做再多都被认为是“理所当然”，所以她们更忙更累却更容易失去自我……给自己留一点时间吧，喝一杯茶，读一本书，化一点淡妆。

不为了给别人看，只为了在每一个平淡的日子里，清晰而自信地感受到自己，坚强而勇敢地朝着艰难的时光微笑。

这是在为心情化妆。

是最美的妆容。

这世界不在乎你经历过哪些痛苦，有过怎样的悲伤，它只在乎，你是不是美的。一个能够在最艰难的日子里仍然以美示人的人，是勇敢而有力量的，终将获得幸福。

不要做痛苦的乖孩子

成年之后还在做乖孩子的大多数人，都生活在自己并不喜欢的状态里。而一个真正的成人，要懂是非有担当，有能力坚持自己的选择，而不是活在别人的期待里。

几乎每个人的成长中，都有一个“恨之入骨”的人：别人家的孩子。

我的小时候，“别人家的孩子”是爸爸同事的女儿，比我大一岁，据说聪明好学，乖巧听话，在我长达十多年的成长过程中，这个未曾谋面的女孩一直是我的“影子榜样”——她这次考试又是全镇第一，她进了特别好的高中，她考了很好的大学，她……大概一直到我毕业几年之后，我还能听到关于这个女孩的只言片语，她找了一份特别好的工作，赚钱很多。

当然，伴随着这些信息而来的，还有父亲那无声的“啧啧”艳羡，真是令人抓狂啊，言外之意当然就是：如果你是这样的乖孩子该多好啊！

幸运的是，我还是没有成为一个乖孩子，而是成了我喜欢的自己。

我上学的时候叛逆，高考的时候选自己喜欢的专业，读大学时去找自己喜欢的实习机会，毕业之后哪怕薪水微薄也坚持做自己喜欢的工作……

到后来，父亲再也不跟我念叨那个女孩了，大概他已经接受了我很喜欢自己的状态这件事，而我倒是偶尔会想：那个我从未谋面却“陪伴”我多年的女孩，她过得好吗？

我们周围一点都不缺少“痛苦的乖孩子”，我的朋友小陆，是其中之一。

有段时间，他为了要买房子的事情愁眉不展，因为钱不够，而他不想花父母的钱，这背后有很长的故事。

小陆从小好好学习，认真上进，父母做生意供他和哥哥读书，他知道父母很辛苦，格外听话，是个非常典型的乖孩子。

读本科时，他曾有过一份很喜欢的实习工作，但父母说“你应该读研深造”，他就去复习考研了；研究生毕业前，父母说“你应该考公务员，稳定”，于是他放弃原本要考博的想法，考了公务员，进了人人都羡慕的系统。

人人都羡慕他的父母有一个听话出色的儿子，但是他身在其中却非常痛苦。尽管他看上去年轻，工作好，薪水高，别人都说他是“黄金单身汉”，他却总是对自己不满意。他不喜欢目前的这份工作，有一种被禁锢在体制中的感觉，可是怕父母失望又不敢辞职；他觉得自己每天行尸走肉一般毫无激情，恋爱都懒得谈。

因为不知道该怎么对待别扭的自己，他决定像大部分人那样买套房子，否则毕业几年爱情没有房子没有什么都没有，看上去也太失败了吧？

但是他的存款付首付有点困难，父母主动提出给他一些帮助，他又非常不想接受。而他从未说出口的是，一旦用了他们的钱，以后更没有机会脱离他们的期望，他可能在有生之年，都要禁锢在这个外人看来是金饭碗他却厌恶得每天都不想去上班的地方。

我问小陆：“你有没有想过，也许真正阻挡你的不是父母的期望和压力，而是你乖孩子做太久了，失去了自己的判断和勇气，所以才不敢走出那一步？！”

他没有回答。

曾有一次半夜时分，我收到一个女孩发来的信息。

二十五岁的西北姑娘，独自到这座城市来打拼。父母希望她能回故乡的小城，找一份安定的工作，嫁人生子，但她不想过这样的生活，所以倔强地留下来。

但生活毕竟不是励志小说，独立而勇敢的女孩也未必就能一帆风顺地事业成功、感情圆满，给我发消息来时，她的创业遭遇失败，内心非常苦闷。她最心心念念的是：“我觉得很愧对父母，不知道过年回家跟他们怎么交代！我从小很听他们的话，但是这次我执意这么做却又不顺利……”她觉得很难过，因为她很不喜欢现在的自己。

讲真，我并不觉得一个成年人事业不顺、感情失败，就一定需要给父母一个交代，若是有必要就告诉他们一个结果，若是觉得会给他们带来压力那就一声不吭好了，独自承担压力和责任不正是一个成年人该做的事情吗?

“我怎么跟父母交代”以及“这件事没做好我对不起我父母”的想法，纯粹是童年时期做乖孩子的惯性思维，早就该及时切割了。

成年之后还在做乖孩子的大多数人，都生活在自己并不喜欢的状态里，他们看上去神情相似状态相仿，面带焦虑心情郁结。他们不太喜欢眼前自己拥有的那些——工作、生活、交际圈，因为其中有很大一部分并不是他们的本意，是父母认为他们应该如此，他们非常厌恶这些，却又逃脱不开。

他们很讨厌自己维系的假象，进而讨厌自己。

有个朋友的婚姻生活很不幸福，打算离婚的念头升腾起了好几年，但每一次都因为父母的反对而不得已“打消念头，维系家庭”，可是他越来越不快乐，越来越郁郁寡欢，直到罹患抑郁症，父母才知道事情的严重性，帮助他把离婚的种种都谈妥，而他却对这件事甚至对生活都失去了热情。

认真问问自己：我到底是要成为一个自己喜欢的人，还是要成为满足父母需求的乖孩子？！万一父母想要的和我所期望的不一致，又该怎么办?

如果我们要成为一个自己喜欢的人，那么就要懂是非有担当，要坚持自己的选择，知道自己的喜好，而不是人云亦云，任由父母甚至世界改变自己的初衷。

无论何时，遭遇什么样的挫折，遇到什么样的痛苦，你真正需要面对的，不是对父母的愧疚，而是如何给自己一个交代，你没有达成你想要的样子，你没有成为自己喜欢的人，接下来该通过什么样的努力、什么样的行动去达成愿望?

父母可能会用俗世的价值观来要求和约束你，可是，归根结底，他们在意的，仍然是你过得好不好。如果让父母在痛苦的乖孩子和幸福的你自己之间做出选择，大部分真正爱孩子的父母会选择后者吧。

只要你能过得好，过得幸福，慢慢变成你自己喜欢的人，你会发现，你的父母也在变。他们对你的期待，不过是希望你更好、更幸福、更快乐。

你能掌握的不仅仅是体重，还有命运

为什么我们如此在意自己是胖还是瘦？也许，我们在意的不仅仅是别人看到的自己的样子，更在意的是，我们所希望自己达到的状态。

你连体重都控制不了，又怎么能够掌控人生？！

每次看到这样的话，我的心里都会不自觉地打个激灵：啊，对啊！——当然，之后是否能够坚持减肥瘦身，就另当别论了。

生活不是一瞬间的激动就会过去的，而是日复一日的肥皂剧。

减肥，更是。

早年做记者四处采访时，发现艺人们有一个共性：瘦，很瘦，非常瘦，出奇的瘦。尤其是女明星。

入行不久，有个女演员过来宣传电视剧，我们约了访问，见面之后，经纪人说，正好到饭点了一起吃饭吧，就在他们入住的酒店餐厅里，吃了顿饭。

桌子上是几个对我而言已经极度清淡的菜式，女演员只吃了三五口，而且每次放一点东西到嘴里，她就忍不住感慨说：“哎呀，我已经很胖了，不能吃了！”

我看着这个坐在我对面的女孩，脸小得只有一点点，身材玲珑纤细，却发出那么荒诞的感慨，我只能心下感慨“明星这个行当果然不是常人能待的”。

为什么我们如此在意自己是胖还是瘦?

也许，我们在意的不仅仅是别人看到的自己的样子，更在意的是，我们所希望自己达到的状态。

十几岁时，我是个圆滚滚的胖女孩，胃口还特别好，尤其是高中时，体重达到了巅峰。每到月末假期回家时，我妈总是会说我：“又胖了，又胖了！”

我对此却不以为意。

当时的主要任务是好好学习，把成绩搞上去。虽然也懵懂地知道爱美，但对体重、身材真的没那么当回事。上一秒觉得我应该少吃点啊，下一秒就被食堂的大馒头征服了，立刻开吃!

最重要的是，当时的自己，从未因为胖而产生过自卑——很努力地学习，有很要好的朋友，有偷偷喜欢的男生，也被别人偷偷地喜欢，偶尔多愁善感忧伤烦恼，但是大部分时间都觉得“我很好啊”，根本没有时间和心情去烦恼体重。

这样的心态，进入大学之后，一下子就倾覆了。

彼时，从一个小地方的高中，进入了一个更大的世界，周围有许多优秀的同龄人，有的才华横溢，有的貌美如花，她们比我身高体瘦懂时尚，比我学富五车懂得多，总之，身处他们中间，即便我表面看上去波澜不惊，内心却已经酝酿出了各种自卑的情绪，并且静静地开始蔓延。

在这种情况下，我突然改变了之前的想法，对体重有了执念。

我觉得自己特别胖，胖到无可救药不忍直视；我觉得自己穿什么衣服都不好看，每次去逛街都想买更小码的衣服让自己看上去很窈窕而最后总是自取其辱；我甚至相信什么“苹果减肥法”，坚持了两天不吃饭只吃苹果，一直到第三天因为虚弱感冒才不得不终止。

……

那些疯狂而无聊的做法，一直持续了一两年，伴随着我渐渐开始忙于写稿、实习、恋爱，才尘埃落定，懒得理会。

长大后，再去审视彼时的自己，渐渐觉得，最根本的问题是：不接受自己。

我认为自己不够出色，对自己不满意却又不知如何扭转乾坤，看着周围的人优秀出色却又不知道自己该如何突破……最终，抓住“体重”大做文章，仿佛瘦下来，一切就都会有所改观。

瘦下来就能改变命运，如今是许多女孩的信条。

但瘦下来，真的不是改变命运的稻草。真正要紧的，是改变心态，接受自己，获得自信，愿意去达到更好的状态，才能改变命运。

只要不胖得令自己厌恶，就没有关系。做喜欢的事，过喜欢的生活，吃喜欢的东西，当你喜欢你生活大部分的时候，当你能接受自己的不够完美时，你好像大部分时候会忘记“上秤”。

我的朋友小童，事业成功，生活幸福，光彩熠熠，自信美好，她在时尚女孩的眼里是有点胖的，但她一点都不在意，更何况又懂时尚、会穿衣，走到哪里都令人眼前一亮，状态好得飞起。

鲜为人知的是，小童曾是个自卑的胖子——工作成绩平平，不爱穿衣打扮，甚至常常看上去挺邋遢的，尤其是在经历过一次失败的婚姻之后，这种状况变本加厉，面色暗沉得让看到她的人都会为她担心，总之她曾是一个人人都恨不得敬而远之的“忧伤的胖子”。

她决定要改变自己。不知是什么事触动了她，总之她决心要改变那种悲惨的状态，开始做喜欢的事情，很拼命地工作，获得了成绩，得到了认可。她慢慢有了自信，心里有了光，开始研究时尚，通过健身减了不少体重……她成了一个连自己都很喜欢的微胖女人。

要么瘦下来，要么接受你自己，做一个真正发自内心快乐的女人。

其实我们每个人都可以。

无论你站在体重秤上看到的数字是多少，都不重要，重要的是，接下来你要做的改变与面对的人生。

精神独立的女人最富有

有许多单身女性的独立，是因为“不得不”。而踏入婚姻后，与另外一个人保持亲密关系的同时，还能保持独立，才是真正的了不起。

网站的社会新闻里，报道民政局工作人员上午为一对夫妻办理了离婚，下午又见证了几个小时前刚离婚的男人带着女友来领结婚证；走在路上听到几个老太太啧啧感慨说：“那男的刚跟老婆离婚，转头就带着另外一个去领结婚证，这女的拉扯孩子可怎么过啊？！”——异曲同工的故事经常发生，而老人们唏嘘的是，这个“被离婚”的前妻日后的悲惨人生，该如何度过。

从前的婚姻，有传统的家庭观念、传统的文化道德约束，即便摇摇欲坠，也大都勉力维系。而这几年，许多稍微出点纰漏的婚姻会迅速瓦解，婚姻中的变数成倍扩大，离婚成本——尤其是如果男人打算结束一段婚姻的话，那么要付出的成本也并不是很高。更不要提，许多人开始风行“解放、自由”，让他们理直气壮地冲击已有的婚姻，进而追求“幸福人生”，那架势就好像之前结婚时有人把刀子架在脖子上逼他似的。

婚姻自由无可厚非，只是在这观念冲突、文化迭代的社会背景下，追求自由的男人背后，是越来越多的“绝望主妇”。就像是美剧《绝望的主妇》中嫁给富商的美女模特盖比，她的一切精神与物质都依附于丈夫，似是笼子里被豢养的金丝雀，物质丰满，精神骨感，虽然没什么好抱怨，但遇到风吹草动才发现，从前的幸福只不过是欲望的满足。丈夫对她各种控制，生病之后更是变本加厉，曾一度令她崩溃。

年轻的女孩们在社交媒体上大呼“女性独立”，也有许多人付诸实践，遗憾的是，对于凡夫俗子尤其是寻常百姓家的普通女性而言，女性独立这些，仍然是天上的云、水中的月，遥不可及。

即便是如今经济能独立的女性越来越多，但精神上难以独立的女人仍比比皆是。结果就是，她即便有钱养得活自己，也仍然会觉得寸步难行。

整个社会环境亦是如此，只要听说哪个女人离了婚——无论出于何种原因，但凡“离婚女人”的标签被贴到身上，立刻就能引来侧目与同情。可悲的是，当事人也大都很配合地散发出一股幽幽怨怨的怨妇气，否则，人们会觉得不正常。

离婚已经不是什么新鲜事，新鲜的反而是那些在婚姻变故中独立而勇敢的女性。

女孩阿飞 24 岁结婚，25 岁怀孕，26 岁离婚。短短三年时间，几乎脱胎换骨，人生完成了一次大反转。

恋爱时两人也算情投意合，结婚时也是慎重考虑，只是她没料到自己会遇人不淑，恋爱两年都未发现那个男人的恶趣味，怀孕后才发现他居然同时跟好几个KTV女孩保持亲密关系。

悲痛与震怒之下，阿飞决定离婚。尽管她知道以后的人生会变得更艰难，尽管以后带着孩子生活会有各种曲折，但是她宁愿如此。

原本是要平静地协议离婚，却遭到男人的胡搅蛮缠；于是阿飞就起诉离婚，她争取到了孩子的抚养权和大部分的共同财产。从此成为一个独立勇敢的单亲妈妈。

被情所伤，遭爱背叛，心中的幸福理想当然会崩塌到令人悲恸欲绝。但值得钦佩的是，阿飞从未沉浸在“我怎么命这么苦，上天为什么要这么对我？”的自怜自艾中，而是奋起反击生活给自己的这一段狗血剧情。

她有工作，有收入，有强大的精神和勇气，更何况还有父母的支撑，朋友的关怀，所以虽然日子不像从前那么简单，但也没到悲观绝望的地步。

离婚两年之后，她再婚了。遇到了一个好男人，爱她，也爱她的孩子。

我真的非常钦佩她这样的女孩。

内心的伤口当然不可能立即愈合，也许在夜深人静的时候，还是会汩汩流血；也许突然会触景生情，心头一酸，想要流泪……这些，几近必然，但一定会过去。

而她们最值得钦佩与赞扬的，是独立。人格独立，财务独立，内心独立，这才是真正的精神独立，是独立女性。

当她们爱一个人的时候，她们会全然地信任与投入；而当生活成为一出狗血剧时，她们也有勇气、有能力与不好的过去切割，继续生活，更好地生活。

她们独立到能够给自己安全感，而不是依附于别人。

这几年“女性独立”呼声颇高。单身女孩们，喜欢宣称自己很独立，因为自己赚钱买花戴，不跟父母伸手，不向生活低头，当然是值得肯定的。

但是有许多“独立女孩”，在恋爱、结婚之后，摇身一变，成了家庭生活的附庸，时间精力全都双手奉给了丈夫、子女与家庭。

慢慢地，年华老去，独立女孩不知不觉中成了绝望主妇，再若遇到一点狗血剧情，也只有拼了命地折腾，因为身家性命都拴在了男人身上，没有他就没法活，没有他就没生活，完全不记得，还曾有过对着镜子里的自己莞尔一笑的美好时光。

凉薄的故事听说过很多，无情的男人，绝望的女人，总是层出不穷，占据着电视报纸的社会版面，渐渐地，居然都不再心惊肉跳。以前听说男人背叛了婚姻与家庭，大多数人会发自内心地鄙夷甚至咒骂负心的男人；渐渐地，也会觉得，女人们充当那些可怜又可悲的角色，也挺不堪吧。

我认识一对中年夫妻，男人事业恢宏发达，神采奕奕；女人相夫教子，忙完工作忙家庭，忙得团团转，做他的贤内助。堪称是完美的三口之家。

然后，她听说男人在外面有人了。

她旁敲侧击，软磨硬泡，威逼利诱，他拒不承认；她去找别人求证，他的朋友、同事甚至领导，她全都去问过，刨根问底，人人都唯恐避之不及……日子就像是一部枯燥而漫长的肥皂剧，她一面上班、照顾孩子，一面又像是福尔摩斯一样盘查他，盯紧他。

她心中何尝不是心知肚明呢？

她不过是在用这种方式来麻木自己，混淆现实而已啊。她是在虚张声势。私下里她哭诉说：只要那个女人不找上门来，只要亲朋好友没有“承认”这件事，她就可以假装这件事并没有真正发生。

拖了三五年也没有离婚，丈夫很少回家，她带着女儿，成了祥林嫂，见了人就眼泪汪汪，欲言又止。了解内情的人劝她：“何苦呢，不行就离婚吧。”她给出了无数绝望的妻子给出的答案：“拖死他。”

这又何尝不是在为难自己？

到底什么样的女性，算是独立的？

不但能够自己赚钱买花戴，能够养活自己，更重要的是精神独立，在精神上不依附于任何人，不把自己的生活、理想、喜怒哀乐建筑在他人或者家庭之上。

有一个幸福的家庭，对女人而言，当然是成就感和幸福感爆棚的，也能够让她们更自如地绽放。而同样重要的是，有自己的生活，自己的思想、自己的时间、自己的空间——一个独立的精神世界，能够安放下女人自己的欢喜悲伤，兴趣爱好，还有那些天马行空的畅想。

这跟别人无关，只跟自己有关。

听闻我这种论调的女朋友，撇着嘴说："说起来简单做起来难啊，我倒是想独立，如果没结婚没孩子，我当然能想干吗就干吗，我也可以独立啊。"

但亲爱的，你知道吗，女人未必非要单身才能独立。

有许多单身女性的独立，是因为"不得不"。而踏入婚姻后，与另外一个人保持亲密关系的同时，还能保持独立，才是真正的了不起。

婚姻中的女人，照样可以不失去自我，可以美好独立——她有自己的社交圈，有除了家庭之外的朋友圈子；她可以拖家带口去亲子游，也能挽着女朋友的手闺蜜游，甚至一个人说走就走；她能够料理一家人的晚餐，也能够享受偶尔独自吃饭的乐趣；她信任和支持爱人的工作，但也不会放任自己做一个"职场废物"，她积极、努力、上进，不会轻易放弃自己职业女性的标签。

她是母亲，是妻子，更是自己。

有独立的能力，比什么都重要。

时光是最好的滤镜

时间帮我们更好地看清一切，看清来时路，也看清要去的方向，它会一点点把我们打磨成想要成为的那个人，而前提是，我们从未放弃过这种努力。

整理电脑时，无意中发现有个文件夹里，存放着许多年前记录下的只言片语，大都是某些时刻的心情，一些琐事。

喜欢写文的人大都有一种“病”，比如我，总是习惯性把某些自认为重要的时刻记录下来——小学四年级之后，我几乎每天晚上都趴在床头写日记；大学时期写了好几年的博客，零零碎碎记录着青春的喜怒哀乐；怀孕后，在电脑里整整齐齐地记录着每个月的怀孕日记，后来变成了“育儿记录”……总之，这些都是时光的剪影，记录着当时的我的心情色彩，人生起伏，生活变迁。

我随意打开几个文档，是刚怀孕那段时间写下的，当时我算是处于人生的一个重大转折时刻，百感交集，情绪繁复。所以那些文字记录下的各种琐事头疼脑热，透露出的是心中的不安与惶恐、家人的反应，以及我对家人反应的内心反应。

那些早已尘封的陈年旧事，在这文字的提醒下重新浮现在我脑中，就如同发生在昨天一般，那么清晰，连细节我都可以忆起——我是如何在无意中发现自己怀孕并且开始坠入忐忑不安的，如何在电话里假装很随意地告诉正在外地出差的克莱德先生的，是怎样不满他当时电话里的惊慌失措的；是带着怎样惊喜又惊吓的心情低声告诉婆婆的，又是怎样情绪复杂地在心中埋怨她居然没给我打一个电话的……我在记录中，看到多年前的自己，往事历历在目，但心情却早已迥然。

关闭文档，我有一种强烈的感受涌上心头：原来，时光才是最好的滤镜啊。

多有趣，当时发生的那些小事情、小挫折甚至小冲突，事情本身我并没有忘记，甚至记得非常清楚；但是，在这些事情发生时我所有的那些情绪、不快和复杂感受，却早已经忘得一干二净，即便再记起那些事，甚至再回想起当时的情形，心中也不再有任何涟漪。

我记忆深刻的是，克莱德先生在我怀孕期间的悉心照料，是公婆动辄就送来一大堆食物和补品，是一到周末家人就陪我去公园遛弯，是被爱包围的感觉。

就像是有一种魔法，让我坚信我自己非常幸运。

现在想一想，这种魔法大概就是，时间。

是时间，过滤掉了那些如浮萍般的情绪，它是我们对某件事生发的观点、看法甚至是偏见，它无足轻重，但有时候会在某个瞬间攫取我们的注意力，支配我们的行动，甚至蒙蔽我们的眼睛。

而时过境迁，时间识破了它的真相，将它过滤殆尽，而将生命中那些真正有意义的东西留存下来，比如爱，比如温暖，比如关怀。

所以，我才会觉得自己那么幸福啊。

拍照的时候，我们已经习惯性地打开相机里的“滤镜”功能，它可以把我们皮肤上的那些暗沉甚至斑点全都滤去，让我们变得更加通透，更加漂亮，而时间，何尝不是乐观人类的人生滤镜啊？

它过滤掉了我们那些肤浅而无趣的情绪，一天一天，水落石出，让我们在光阴荏苒之后，遇见生活的本质，体会到爱的暖意。

如果能够早一点参透这个道理，是不是我们的生活就会更容易一点？从一开始，就学着放下情绪去看待人或事，去为人处世，去打拼梦想创造未来，一切会不会更好一点？

不要看到挫折就畏惧，不要碰到困难就痛苦，不要轻易屈服于那些令人抑郁的情绪中，也不要被情绪点燃怒火，失去了理性和判断。

我们永远不知道明天会发生什么，遇到什么人，遭遇什么事，不知道身边的爱人是否会突然说一句很伤人的话，也不知道合作了很久的同事是否会骤然翻脸不再配合自己的工作。

但要坚信的是，无论发生什么，我都会坚定地走下去，我有自己的目标，有自己前进的方向。

爱人哪怕出口伤人，也可能因为他当时心情不好，有点急躁，只要确信爱的存在，那就没有必要针锋相对甚至持久冷战；同事可能有了自己的目标和方向，不再并肩作战也不等于就是背叛，不过是人各有志，我只要知道自己要去向何方，其他就不是那么重要了，不过是遇到问题解决问题，仅此而已。

只要不停地前行，坚持、隐忍、努力、跋涉，就真的会有所收获，得偿所愿。这期间所遭遇的所有不安、挫败、伤感，乃至痛苦，有一天都会变得无足轻重。

有人说，时间终将给你想要的一切。到现在我也不相信这句话。

我相信的是：我们终将给自己想要的一切，我们心中的热望会敦促我们不放弃，不停歇，直到追上那个最好的自己。

时间？

时间不过是一种滤镜。它帮我们更好地看清一切，让我们看清来时路，也能够看清要去的方向，它会一点点把我们打磨成我们想要成为的那个人，而前提是，我们从未放弃过这种努力。

不要因为别人的目光，而误解了自己

原来对自己的误解，是从别人的眼光里来的。你表现出来的样子，会影响到别人对你的评价，这才是最有趣的部分。

偶然翻出了一张十几年前的旧照片。

彼时刚上大学，爬山时和好朋友小慧一起拍了张合影。穿的毛衣我还认得，那项链我也认得，样子当然也认得——但怎么跟记忆中的自己，不一样呢？

我大学时期，曾经为自己“很胖”而苦恼过很久，在一众窈窕美丽的女同学中自卑得很，试过吃苹果减肥的方法（不吃饭只吃苹果），饿了两天因为差点感冒而放弃了。总之，记忆里，我的大学时期诸多关键词里，有一个就是：胖。

奇怪的是，如今再看当时的照片却疑惑地想：“哪里胖啊？蛮匀称的，最多算是微微胖而已啊。”这记忆和现实的偏差，到底是从哪里来的呢？

许多从前认识的人经年不见，再遇到我大都感慨说：“哎呀，你从前是个小胖妮儿！”而当年跟我形影不离的女朋友小慧，也的确是比我高、比我瘦，走在一起，我自然就是胖的那一个。

原来对自己的误解，是从别人的眼光里来的。

别人说我胖，或者偶尔评论两句，久而久之我就信以为真，甚至夸大事实，认为自己胖得不可收拾，成了心事，甚至曾经郁郁寡欢和自卑了很久呢。

我高中时，更胖一些，体重比大学时重不少。

但当时我满不在乎。十六七岁，特别叛逆，特立独行，眼里只有喜欢的事，和好好读书考大学，其他任何事情都不那么重要。

所以，高中时候的照片里，我脸圆得像馒头，还统统笑得没心没肺，也不记得那时候为这件事苦恼过，所以也没怎么感受到别人的眼光和评价，就那么兀自胖着，是个自信而明媚的小胖子。

当时的我对自己了如指掌，知道自己的心思在哪里，要做什么，要去向更好的地方，所以那些旁枝末节，那些无关紧要的事情，全都影响不到我。

我就一门心思做好自己想做的事：天未亮的清晨去教室里晨读，深夜里打着手电在被窝里做题，课余时间找老师补习数学……

后来上了大学，反而比在高中时候迷茫、彷徨了，时间多了，空间大了，但目标却一下子散了，不知道该把自己的时间精力和心思放在哪里。

有个姑娘给我发消息说，她正在参加实习，几个月了，可是内心却越来越烦恼，甚至痛苦。

她和两个女同学一起去实习单位，那两个女生住在一间寝室，她单独住一间，所以跟她们关系没那么亲密，看她们同进同出羡慕又孤独；她有点内向，不善言辞，而她们开朗活泼，很受实习老师喜爱；她们总是能够得到更好的差事，而她的都差一些，甚至其他人对待她们的态度也截然不同，天差地别——至少她是这样认为的。

她当然想做好，很努力、很认真，可总是收效甚微，女同学跟自己还是没有那么亲近，实习老师对自己还是冷若冰霜，得不到好的机会，无法表现自己，以后何去何从更加渺茫……想到这些，她就痛恨自己不够优秀，不够出色，若是能像她们一样开朗活泼受人欢迎，该多好！

我想到了十几年前那个为“我好胖”而痛苦的自己。我可以想象得到，她有时候甚至痛恨自己，觉得自己太窝囊，太差劲，太不合群。

但是，她看到的这个自己并不是她真实的样子，而是她透过一些她认为的事情或者别人的目光、态度、举止折射的一个“她”，至少不是全面的她。

作为一个旁观者，我能够看到她的勤恳、努力和认真，她想要做得更好啊。

归根结底，是她对自己产生了深深的误解——因为实习期间没有非常亲密的朋友，就认为自己不合群；因为实习老师没有热情相待，就认为自己不受欢迎；因为同学做事漂亮，就认定自己笨手笨脚……这不是自寻烦恼又是什么？！

重要的不是别人如何评价、看待自己，而是我做得怎么样，我要如何做，我要怎么办？重要的是我。

给自己一些正面的看法，把那些误解都打开。

单独住一个寝室，不过是因为条件限制进行的安排而已，如果是我的话一定会欢天喜地，因为有更多个人空间，自由自在又不会打扰别人多好啊；适合做亲密朋友的人并不一定要时时刻刻黏在一起，做朋友也要讲究缘分，这并不代表不合群，要尊重自己的性情；实习老师也有自己的偏爱，做好交代给自己的事情就行了，何必非得强求别人对你笑脸相迎呢？

有时间去烦恼别人的评价和眼光，不如先让自己变得更强大、更好一点。

别人说我胖的时候，我大概总是偷偷在心里增加体重，到最后觉得自己非常胖；老师说你怎么这么笨啊，渐渐很多人就觉得自己是真的不开窍，是不是我天生就笨呢；父母说你这份工作是肯定不行的，你注定是会失败的，于是你就真的在心里敲鼓，可能真的不行吧；同事说每次我们聚餐你都不来，有人说你怪怪的，本来很注重个人空间和时间的人，久而久之就担心自己怪怪的……

想想看，我们生活中这样的场景，何止一次两次三四次呢？

我们在别人的评价和眼光里看自己，以为看到的是一个客观真实的自己——不够好，不够完美，不够出色，不够合心意，于是心灰意冷，郁郁寡欢。在这种情形下我们很少会从正面去努力，反而会从负面去做出选择，放弃去试一试的想法，放弃改变，放弃努力，放弃去守住自己内心的意图。

我们没有因此而变得更好，反而可能变得更糟糕。因为我们做出的选择，并不是我们真实内心的选择，而是根据别人的想法做出的选择。

成为你自己，这才是你会坚定、勇敢、努力的根本。成为你自己想成为的那个人，做出你想做出的努力，让你自己来评价自己是否足够好。

别人的想法和评价，听听就好，不要让它成为你衡量和评价自己的最重要的标准，更不要因为别人而误解了自己，谁还会比你更了解自己呢，对吗？

最有趣的是，如今的我只比大学时的体重轻了五公斤而已，但是许多人却好似见证了我从一个不可救药的胖子变成一个瘦骨嶙峋的瘦子一样。

你表现出来的样子，会影响到别人对你的评价，这才是最有趣的部分。

遇见合适的人有多难

生活的内容和表达的形式都很重要，而更重要的是，两个人在一起的节奏是否舒适自在。

睡觉前，我提醒克莱德先生："明天是 520 哦！"他一脸不可思议："哦，那后天还 521 呢，大后天还 522 呢……有 250 不？！"我白了他一眼，他故意歪眼斜眉装模作样地想来想去："啊，买个什么礼物呢？耳钉、项链、手镯？哦，买个太阳镜吧，太阳刺眼的时候正好用上！"

讲真，我什么都不想要（我已经买了两盒香给自己做礼物），连去商场都嫌麻烦。但我很喜欢逗他玩。

从认识起他就很不喜欢节日啊礼物啊这些他认为虚头巴脑的东西，有超强免疫力，刚在一起的那两个情人节我们俩都是吵架度过的。

十多年过去了，我成了逗哏，他成了捧哏，把节日当段子，拿来逗趣。

生活的内容和表达的形式都很重要，而最最重要的是，两个人在一起的节奏是否舒适、自在。

现实中的真爱，就是找到一个适合跟你在一起的人。

这一年的 520 很有趣，因为在当天，霍建华和林心如突然公开了恋情。

尽管是很委婉的那一种，没有秀合影没有牵手照也没有小鲜肉们另类的花招，但仍然轰炸了多个年龄层的社交网络圈。除了两位都是明星之外，更多还是因为惊讶吧，他们怎么会在一起？！

霍建华是当红男神，“老干部”的代言人，出道多年但再次翻红后比许多小鲜肉还有市场；而林心如，许多人即便不说出口，心知肚明的是她在“紫薇时期”最红，但即便她是真格格，存在感相对于后来强势蹿升的赵薇和范冰冰也弱太多……噢，由此推论出“他们怎么会在一起”，好像也有那么一点点道理。

遗憾的是，爱情不讲逻辑。尤其是对两个出道多年也有过不少情感经历的明星，更无逻辑可言。

林心如有过两段为人瞩目的恋情，初恋是林志颖，跟导演唐季礼在一起也有四年；而霍建华，在被与胡歌配 CP 之前，与陈乔恩的绯闻很盛……他们都不是没有故事的同学。大约正是千帆过尽，才知道遇到一个合适的人不容易。

于娱乐圈中的男女如此，于我们普罗大众亦是如此。

小时候也跟着哼唱什么“相爱容易相处难”，却完全不懂其中的深意。

十几年后，当经历过初恋的懵懂，热恋的疯狂，走进平和又恒久的生活河流之中时，与那个人从最开始的相互吸引到每一个当下的相处时，才能参透那句歌词的含义。

相爱，是两个人的相互吸引，他的眼神很深邃，他的笑容很阳光，他走过来的样子像风一样令人沉醉。尤其是年轻时的感情，几乎不可能不动声色，全都是写在脸上描在心里，爱恨都那么明显，激烈地把爱情当成全世界，以为和这个人在一起就是全世界。而相处，却是另外一道世界难题。相爱的人那么多，但适合在一起的，却并不是全部。

除去那些因为外部原因而遗憾分开的恋人们，仍有很多人在相处的过程中，渐渐发现彼此的不合适——也不是遇人不淑，也不是谁犯了错，只是在那些无法妥协的小事，无法谅解的小错，无法达成一致的观点上，渐渐产生了缝隙，形成沟壑，天长日久，渐行渐远。

读大学时，寝室楼门口的台阶前总能见到一个男孩靠在摩托车上等女朋友，偶尔手里有鲜花或者礼物，来来去去的女生都忍不住侧目，我想，他的女朋友一定是最幸福的。

那时十八九岁，觉得在一起就是幸福的全部含义，一起吃饭，一起上课，一起去图书馆，一起去看电影……生活不就是这么简单吗，相爱的两个人在一起就很甜蜜，为什么还要说生活很难呢?

恋爱后我才知道当时的自己有多幼稚，因为除了这些之外，还会为了吃什么而吵架，为了去哪里玩而闹矛盾，看完一部电影后几句讨论都会引起争执也很常见，更不要提完全来自不同家庭环境教育背景的两个人根深蒂固很难融合的人生观与世界观。偶尔一言不合，拔腿就走，扔下气呼呼的他回到学校寝室，蒙头大哭，觉得谈恋爱太痛苦了。

又过了十几年，发现那时的自己仍然是幼稚的。

当蹚过青春的河流，走过爱情最激荡不理智的阶段，迎来平淡的日常，乃至走进婚姻后，那些琐屑的小事儿简直都不是烦恼，因为有更多的麻烦在等你。

我们的感情多有趣啊。

像是个迷宫，走着走着，就看到另外一番风景。虽人在旅途，并不知道终点、出路在哪里，但你们能一直牵着手不曾放开，相互平衡，互相谅解，甚至彼此妥协，就能走到春暖花开，这就是相爱啊！

前几年刘若英结婚的时候，许多人感慨万分她曾暗恋陈升那么多年……而爱她的人，更多是庆幸：终于，她找到一个适合自己的男人，获得自己应有的幸福；去看梁静茹的演唱会，这个唱过许多单身情歌的女生，终究没有跟那个惺惺相惜的男歌手走到一起，但她眼角眉梢写满幸福啊；还有梁咏琪、莫文蔚、孙燕姿……她们最为人熟知的恋情，都没有成为最终归宿，但她们也得到了幸福的加冕啊。

有些刻骨铭心，未必是适合自己的幸福。

林忆莲跟李宗盛在一起的时候，曾有人写文章说她只爱才子，之前的男友也都是才子。但最后，林忆莲还是结束了与李宗盛的婚姻，兜兜转转与更适合的人走到了一起。

相爱可能是一个瞬间，也可能是一段时间。而相处，却更长久，更刻骨铭心，更能让我们知道旁边的这个人是否适合自己。

不同之处在于，明星们对于感情成本的支出有着更高的承受力。而我们大部分人，即便发现了不合适，即便在一段感情中透支着自己，即便是在一段婚姻中犹如行尸走肉，也不敢轻易去面对错误并做出修正，因为代价很高，从感情到物质。

结婚多年的女人告诉我，孩子出生后她和丈夫就分床而眠了，她和孩子同屋，丈夫睡另外一个房间。“我们就像是搭伙过日子。”他们不交流，因为没话说，除了一起吃饭似乎也没有任何交集，三口之家，毫无温馨。

如今想来，她说本来是早有端倪的。结婚两三年后就日渐疏离，他性格冷淡而她个性热情，原本以为是可以互补的，但是吵了无数次、恼了许多回之后，他那些冷若冰霜的言语和眼神渐渐也渗透到了她的心里，令她觉得人生寡淡，也没有什么好改变的，就这样吧。

他们早已不相爱，甚至连普通熟人的情分都没有，她生病时只能等孩子端来热水和药片，他是决计不会管的。

为什么没有在觉得不合适的时候干脆分开呢?

当时没有决心做出这个决定，而如今，也一样。

我永远相信爱情。

但，我不相信所有的爱情都能超越世俗超越生死超越自我。

那些不合适的爱情在遭遇到现实之后，很容易灰飞烟灭，这不是什么要大惊小怪的事情，而是客观存在。

遇到合适的那个人很难，甚至在遇到TA之前，你会走很多弯路，吃很多苦，付出过许多却发现遇到一个错的人。请不要将错就错，更不要放弃寻找与等待。你想要获得爱情与幸福，你想要遇到那个对的人，总是要付出代价啊——时间、感情、精力，还有寂寞。

只要你不放弃，只要你愿意继续走下去，总会遇到那个适合你的人，这是我坚信的爱情哲学。

只是，无论你遇到的人有多好多完美，请记住，相爱容易相处难。在最难的时候都不想撒开对方的手，而是愿意继续走下去的那个人，才是你的真爱。

无论他是否是“霍建华”，你都是最好的“林心如”。

有审美，比有钱更重要

有良好的审美，有生活的底蕴，意味着你可以布置出舒心自在的生活空间，让自己乐在其中，也让周围的人被吸引，感受到美好的生活。

我家从前的房子是一楼，有个院子，左邻右舍都把院子弄得争奇斗艳，有人种菜，有人养花，讲究点的还做了假山流水，养了鱼，成了一道道风景。

最初的邻居据说是个设计师，院子设计得非常好——围栏旁全都栽种着蔷薇，每到春天就开成一道花墙；地上铺的是青石砖，自然质朴非常好看；垒了鱼池，从我家的栅栏看过去，能看到清澈的水中有金鱼在游动，还养了几朵睡莲；夏天葡萄爬满架子，坐在下面聊天喝茶想想都无比惬意啊……总之，他家的院子实在太棒了！

但过了几年，邻居就搬走了。据说是因为丢了心爱的宠物狗，总是触景生情，最终竟卖了房子，搬离了这里。

接手的房主，对院子不怎么在意，不但任其衰败，后来更弄了些泡沫箱子栽了一箱箱的菜胡乱扔在院子里，家里各种不用的杂物都堆在院子里，把它变成了一个垃圾回收站。

可惜啊可惜！我有点痛心疾首，曾经那么好的院子，怎么就给作成这样了呢？

我尤其不解的是，后来他们砍掉了蔷薇花，裸露着黑乎乎的栅栏，又放任鱼池里的水不管，任其发黑变臭，成了蚊虫的发源地。

我的天哪！他们到底是什么样的一家人？！

儿时的某年春天，我和妹妹突发奇想要种花，不知谁指点着，说住在村东头的奶奶家有很多花儿，可以去跟她要两盆。

八九十年代的农村，不富裕，大部分农民六七十岁还要劳作，起早贪黑非常辛苦，所以大部分人家里不怎么收拾，脏乱不堪也是有的，更不要提什么装修与装饰——没钱啊，没空啊，没人打理啊。

但是那个出了名的爱养花的奶奶家，院子扫得干干净净，农具都归置在小房里，有个平台上养着大大小小许多盆鲜花，哦，对了，院子里还种着窈窕葱郁的果树。

奶奶家也不富裕，她也得去田地里劳作，但是她这质朴而美好的生活态度，令我大为惊叹："啊，原来还可以这样啊！"

那些花无非是月季之类农村常见的，但她布置得整齐洁净，你站在那里，就会由衷地觉得生活是美的、是好的、是值得珍惜的。年轻有活力或者家庭条件好的人尚且做不到，一个白发苍苍的老人却乐在其中，只因为她爱生活也懂得美吧。

她的同龄人在茶余饭后忙着跟儿媳妇钩心斗角，跟邻家老人嚼舌头根子，她却在莳花弄草洒扫庭院。这个不识字的住在村东头的老人，是我心目中“懂生活”的启蒙人。

我百思不得其解的问题很多，其中有一个是，为什么一谈到生活情趣，就必须跟钱联系在一起?

比如我在朋友圈发一张喝茶的照片，有人问“这是什么茶杯啊”，我回答之后，对方啧啧地说：“哎呀，用喝水的杯子泡点茶不也一样喝？就是有钱啊！”

我只能回一句“我竟无言以对”。

对我而言，买一套不算昂贵的茶具，布置一个能让我觉得满心欢喜的茶席，舒舒服服地喝杯茶，是一种幸福的无用功，如果你能用搪瓷缸子喝出这种幸福感，当然也很好啊，这是个人喜好，跟钱没关系啊。

新上映的电影风评很好，打算去看，现在各种电影 APP 打折那么给力，实在没有不去看的理由，朋友却说：“等等吧，网上很快就有资源了……还不用花钱。”

我喜欢买花的习惯也动辄被抨击：“鲜花很快就死了。”没有买把菜回来就对不起我家庭主妇的名头，可是三十块钱一把雏菊可以开一整周让我心情很愉快啊，这个怎么算?

……

有审美的生活，比单纯追求有钱的生活真的更重要。

有良好的审美，有生活的底蕴，意味着你可以布置出赏心悦目的、舒心自在的生活空间，让自己乐在其中，也让周围的人被吸引，感受到美好的生活。

有钱人，可以有更多选择，追求更高的品位，更随心所欲一些；而没钱，也可以有质朴美好的生活。村东头的老奶奶，曾经我的邻居，他们都不是大富大贵的家庭，但都有令人艳羡的生活品位。

有钱人若是品位太差，才是更可怖的事情呢。他们会用钱把这个世界变得更糟糕。早些年红透网络的“上流美”，豪门贵妇，品位可怕，而这种人在生活中其实并不少呢。

真正能够让我们变得美好的并不仅仅是钱，还有好的品位和审美，以及对生活的独特感受力与理解力。

如此，你才能拥有你理想中的良好生活。

姑娘，愿你不要成为那样的贤妻

有时，恰是那些自认为贤妻的女人，在某种程度上纵容了男人对自己的粗暴、鄙视和直男癌。

那篇《徐帆写给冯小刚：嫁狗随狗》的文章，曾在朋友圈里流行了一番。

一位女性朋友转发后写道："点睛的是最后一句话：冯徐氏。一个妻子对男人的信任和爱，呼之欲出。"而另外一位男性朋友转发后的点评是："男人保护女人，女人跟随男人。"

我竟无语凝噎。

因为这篇文章所传递的价值观，在即便不是女权主义的我看来，也实在是大男子主义过了头，它将一顶"贤妻"的帽子给女人戴上之后，就堂而皇之地宣扬着女人在婚姻关系中的从属地位，更可怕的是，还有那么多人点赞、认同。

这篇文章，以徐帆的第一人称写就，以无限溺爱的笔触，想要表现伉俪情深夫唱妇随，实则真真写成了一个"婚姻中的暴君"冯小刚——脾气暴虐、狂躁非常，赶飞机妻子忘了带证件会当众被他吼"滚吧”；领结婚证时遇到一点小麻烦，就赌气“这婚我不结了还不行吗”，而徐帆就“识大体地”去哄他……

作为妻子的徐帆，把这些津津乐道地写出来，还自带“贤妻光环”表示自己能够理解和包容他所有的“狗脾气”，身为路人甲的我也真的只有啧啧称奇的份儿。一个妻子把丈夫当作巨婴来对待本身就是问题，而她却还把这当作是爱的含义。

想起多年前徐帆在访问中曾谈及对第三者的看法，她的观点也一样奇葩到惊世骇俗：“他是男的，反正咱不吃亏。”

夫妻俩关起门来怎么相处是他们自己的问题，别人没什么立场指手画脚；但是作为公众人物，总是在公开场合表达这种“传统贤妻思想”，甚至影响到许多年轻女孩子，就真的不值得推崇了。

关于“贤妻”，国人思维好像一直停留在20世纪90年代刘慧芳那一款，当年《渴望》风靡，女主角刘慧芳善良温柔，任劳任怨，甚至堪称忍辱负重，从来都是以德报怨，从来都是一味付出，得不到回报也认为是理所当然。

将家庭作为人生重要阵地的女性甘于付出勤劳善良，这是美德，当然值得赞美；但“男女平等”喊了很多年，女性终于在社会地位和职场角色中不输男人之后，还一力强调女性应该为家庭付出甚至牺牲，就真的有点可疑了。

这是在叠加女性的责任，却未增加相应的权利保障，有太多女性在为家庭鞠躬尽瘁之中逐渐迷失自我，戴着一顶“贤妻”的帽子，但在遭遇变故时却手无寸铁，一无所有。太多闹得不可开交的破裂婚姻背后，都有一个曾认为“家就是一切”的伤透心的贤妻。

她们觉得工作就是为了赚钱让家庭生活更好一点，没有事业心也没关系，反正自己又不想有什么大作为，有一个温暖的家庭就好；

她们觉得丈夫粗心点、暴躁点甚至在家务上一点都不承担也没什么，男人嘛，把自己的工作做好就行了，家里的事情有女人呢；

她们除了家人，没什么朋友和社交圈可言，每天都有做不完的家务，还有忙不完的琐事，社交这么缥缈矫情的事情又不能当饭吃；

……

她们并不是她们自己。她们身上的属性只有：妻子、母亲、保姆、采购、保洁……

我喜欢美剧《傲骨贤妻》，这是一个家庭主妇在遭遇丈夫背叛后对生活奋起反击并重拾自己人生的故事。

这个叫艾莉西亚的女人原本是名律师，嫁给了政客皮特之后生下一双儿女，从此就洗手做羹汤，是典型的“成功男人背后的女人”。一直到皮特因为招妓丑闻暴露，他不但成了众人唾弃的男人，还锒铛入狱。

遭遇了丈夫的背叛，失去了经济来源，让艾莉西亚不得不在混乱与痛苦中振作起来，重返职场，涅槃重生——为了两个孩子，也为了把命运掌握在自己的手中，她重新执业成为律师，日渐强大到可以笑对一切艰难。

英剧《福斯特医生》中的女主角福斯特医生与艾莉西亚的遭遇相仿——人到中年，家庭幸福，却意外发现丈夫金屋藏娇，这背叛引发的痛苦犹如抽筋剥骨，几近崩溃。

福斯特医生的处理方式，是新知女性所推崇的——她当然震惊、痛苦、难过、悲恸欲绝。但是接下来还是要理性地面对这件事，当发现一切都不能挽回，那就去接受，去反击，去重生。

能够挽救婚姻重修旧好固然皆大欢喜，毕竟婚姻里的感情太复杂，并不是简单一句两句就能够说清楚；如果不可挽回，以破釜沉舟的勇气击碎束缚自己让自己痛苦的茧子，也未尝不是一条幸福之路。

她挽回无效，发现丈夫还在继续欺骗自己之后，便爆发出了惊人的力量碾压虚伪的男人，争取到了最有利的离婚资源，获得了儿子的抚养权，并最终促使男人和他的新欢开着一辆车逃离这座城市。

许多人说：真是大快人心啊。

福斯特医生自始至终，都是温情的、留恋的、理智的、有力的。她不是仅仅沉迷于痛苦，也曾尝试着修补他们婚姻中的裂痕，在发现无效之后不是吞下苦果而是为自己的人生负责，这才是让我们击节叫好的地方。

收音机里，深夜节目每天重复着“丈夫外头有人了，我该怎么把他拉回来”的话题，电话里的女人总是会哭诉说：“我为了家庭付出了所有的一切，如果离婚了我还怎么活？”网络论坛里，哀怨的妻子们化身一个个 ID 义愤填膺地商量着，该怎么去击退小三，怎么去搞定丈夫，她们监听手机，联合亲友在他的身边安插眼线，好像无所不能，却又发现无济于事；八点档的电视剧里，没有一点婚外情的故事就没什么看点，但男人总是要回归家庭，小三总是要知难而退，妻子总是会大获全胜……坐在电视前的人们当然知道这有多假，仿佛异想天开，否则就不会有那么多网络视频动辄标题打上“当街打小三”了。

有时候真令人心灰意冷啊，为什么那么多好的女人被辜负，那么多“贤妻良母”最后落得被嫌弃甚至抛弃的境地?

可悲的是，当她们落入这样的境地，竟然就再也站不起来，仿佛被斩断了手脚，哪怕能吃饱喝足衣食无忧，精神上却从此失去了依傍，仿佛她真的只能是“生是他的人，死是他的鬼”。

徐帆文章里那一句“其实我很怀念以前的旧时代，那时候的女人嫁了人之后都随丈夫姓，一听就知道是谁家的媳妇”令人触目惊心，却也是很多女人要维持僵死婚姻的最后心理：只要你还保留着婚姻的名分，只要我还是你名义上的妻子，我就当不知道吧。

这不是皇帝的新衣吗?

贤妻良母原本是传统文化中非常美好、正面的形象，女人的性别特质，也注定了对家庭会付出更多，要照顾家庭，培育子女，会为丈夫孩子打点更多生活琐事。

但无论是沉溺在家庭生活中很久的女人，还是尚未踏入婚姻之门的姑娘们，请你千万不要成为那种“贤妻”——它纵容女人依附于男人的旧观念，宣扬的是放弃自我，无尽地牺牲，无底线地包容男人的所有的坏与劣根性，近乎女奴思想。

你从小努力读书，踏入社会好好工作，认真谈恋爱，跟相爱的人结婚，是为了拥有你自己完整的人生，和一个男人并肩而立共同筑造一个幸福家庭的，但你从来不是为他而生、为他而死、为了他付出所有，毫无原则地沦为附庸的。

小旭颇有几分姿色，嫁给了一个有些财势的男人，大她十多岁，离过一次婚，两人感情还不错。最初几年，日子平顺，家庭和谐，后来小旭干脆辞职做了全职太太。大多数时候，小旭就是逛逛街，吃吃饭，当然重中之重是把老公照顾好，找名厨学习煲汤，每天晚上煲汤给他喝，滋养身体，雷打不动。

白天他上班，她会把握时间打几个电话，嘘寒问暖，细心到提醒他要喝水这样的小事儿。男人也带小旭去参加一些应酬，常有人赞美小旭“这才是真正的贤妻啊，出得厅堂下得厨房”，小旭觉得很骄傲。

结婚三四年之后，小旭想要孩子，他敷衍了两年后摊牌说不想生。小旭顿时傻了眼，从恋爱到结婚他从没说过不想要孩子，做丁克也不是不可以，但是这么大的事儿他说不行就不行，那以后日子过起来得多别扭？

软磨硬泡了两三个月，男人就是不同意，最后说：“离婚吧。你想生孩子找别人生去。”紧接着，就开始玩失踪，不接电话不回家；她找做律师的朋友一商量，离婚的话，小旭只能开走她名下的一辆车。

小旭简直要疯了。

表哥表弟们说要找他去拼命，父母姐妹都说小旭一根筋，他不想生就算了呗，你还折腾什么？他那么有钱，离婚之后再找个更年轻的一点都不难，你呢，你还有什么？

小旭除了养成的一身富贵病，的确什么都没了。

不管离不离婚，都成了输家。

世俗一点说，小旭至少享受过几年，可是更多把自己的时间精力全都投入到家庭中的女人呢，年纪大一点变成黄脸婆被扫地出门的，还不是比比皆是？

好像这样的故事，每天都在发生。

电视里，网络上，职场上，甚至就是我们身边的同学、同事、朋友，触目惊心。

而每一个这种令人唏嘘的故事里，都会有一个这样的“贤妻”——无论是富贵之家，还是平常小户，有很多抱着“爱家爱老公”理念的女人，老黄牛一样在屋檐下这一亩三分地里耕耘着，受了委屈也不说，有了痛苦也很少吐露，她们的幸福就是老公和孩子能幸福……唉。

所以也不要奇怪，为什么那么多男人至今会说“女人不用太能干，把家庭照顾好就行了”，又或者老人们谆谆教导“照顾好老公孩子，才是女人最大的归宿”，也不奇怪为什么年轻的男人会说“女人跟随男人”，更不必奇怪为什么会有男人在超过三百人的群里公开说“家暴存在了几千年，自然有其合理性”……是女人，尤其是那些自认为贤妻的女人，在某种程度上纵容了男人对自己的粗暴、鄙视和直男癌。

这个时代，要成为贤妻，首先得是一个独立的女人。有事业，有自我，有为爱情赴汤蹈火的勇气，不会被世俗束缚，违心地维持表面的风光。

女人，首先是自己，然后才是妻子、爱人和母亲。

进，和爱人举案齐眉，营造一个幸福和谐的小家庭，能够遮风避雨，给心灵一个休憩之地，在深夜点亮一盏温暖的灯光；退，有自己的事业与天地，能够过得足够好不让家人担忧不让父母劳心，有自己的朋友与社交圈，而不是一个哭哭啼啼的桃金娘。

这样的女人，才是这个时代的贤妻，也是我们该成为的贤妻啊。

好的婚姻，是有底气说“我养你”

真正好的婚姻，不仅仅是每天都说“我爱你”，更不是每天都问“你是不是不爱我了”，而是彼此都清楚地知道，我们深爱着对方，若是有一天情势所需，站在对面的这个人会养我。

结婚两三年的时候，我曾遇到过一段时间的情绪低谷，当时我一直纠结要不要辞职回家——没想好做什么，但就是很不想工作。

没有勇气下决心，或者说，很多东西割舍不下，但这个念头在心里翻滚，于是我跑去问克莱德先生：“如果我辞职的话，你愿意养我吗？”

他的回答犀利到令我心惊：“那如果我辞职了，你愿意养我吗？！”

我当时特别生气，这跟我想要的答案相去甚远。

在那之前，不止一次有女朋友跟我谈论过类似的事情，当她们觉得工作很辛苦、上班很远、上司很变态的时候，男朋友或者老公就会说“别干了，我养你”。

两相对比，我想，克莱德先生一定是不够爱我，所以才不敢做出这样的允诺。

要知道，女人哪怕是再争强好胜，心底也住着一个小女孩，期待着小时候被家人宠，长大了被恋人爱，难道最温柔的情话不是“我养你”吗？！

为此，我很是别扭了一阵子。

不过那些焦虑烦恼后来都一一化解，走到了另外一番境地里。

认真想来，我之所以在艰难的时候会咬着牙披荆斩棘，以一种没有退路的姿态勇往直前地冲刺，是因为我的内心潜台词一直都是“如果我不努力，没有人会养我”。

我有父母，但他们也是平凡的家庭，让他们养一个已经结婚的女儿实在是不太可能的事情；我的丈夫……他即便是最终“屈服”，一定也是心不甘情不愿，接下来的婚姻质量可想而知啊！

认清现实，并且活在当下，变得尤为重要。

做多少工作，赚什么样的薪水，有多少自由时间，获得怎样的社会认可，都慢慢变得清晰，以至于到最后，你会非常清楚自己的价值，并且对要走什么样的路心知肚明。

至少在十年前我就知道：“噢，我是不可能成为一个被老公养的女人啊，所以，努力吧！”

后来，我们又谈到这个话题。当时我慨叹的是，我所在的行业一再被唱衰，而江河日下也是大势所趋，以后还真是前途未卜啊。克莱德先生仍然是轻描淡写的态度，“若是真的影响到你的发展和心情了，那就辞职吧，我养你半年是没问题的。”

“哎哟！”我哈哈大笑起来，把他笑得不好意思了，还继续笑。

我发现“我养你”三个字很有趣，当它不是一种敷衍一种慰藉，也不是一个男人出于男子气概、英雄主义夸下的海口时，它真的有点患难与共的真情意。

山本文绪在一篇文章里提到过，当犹豫要不要跟一个人结婚的时候，不妨问自己一个问题：“如果现实所需，你是否愿意养这个人？”可能是，丈夫养着妻子；也可能是，妻子养着丈夫。

只有当你愿意承担起养另外一个人的责任时，那么你就可以跟TA结婚了。

你养另外一个人，意味着你不但要付出物质，还要付出许多感情上的东西。你爱一个人，愿意跟TA分享你的劳动所得，并且心甘情愿，如此，才能让感情长久，而不是落入“贫贱夫妻百事哀”的狗血套路里。

在感情好物质好一切都好的时候谈恋爱，谁都会；难的是，在一方遇到困难，需要你承担起更多责任的时候，你是否还能爱TA如初？如果不能，还不如不要结婚，毕竟养自己，比养两个人要轻松得多，谁都不知道以后会遇到什么样的困难，真到让你养TA的时候临阵脱逃，反而会落一个“无情无义”的名声。

我们听说过很多狗血的故事，什么劳燕分飞，各奔东西，丈夫卷着生病妻子的救命钱消失，又或者丈夫生病妻子改嫁……每一个，都直接地指向这个问题。

二十几岁的时候，我曾经想：我跟这个人结婚了，如果我不开心不想工作，那么作为男人他不是应该胸口一拍说“我养你”吗？

现在我才发现自己当时的想法多么幼稚，近乎天真。

我们是因为爱情走到一起，组建一个家庭，互相有责任，不能把对方当成饭票，你不开心了会辞职，那他不开心想辞职的时候你是否愿意养他呢？

终极问题是：那么，你愿不愿意养另外一个人？

当他遇到难以逾越的困难，当他遭到重重的打击，或者身体的缘故，无法再继续工作……你还能像现在一样与他携手共进退，还能和他谈笑风生一起做饭吃饭聊天睡觉吗，你能不在乎他再也没有收入只花你赚的那份薪水吗，你能在做到这些的时候不带着抱怨、委屈和愤懑，一如既往地做一个快乐的妻子吗？

同样的问题，也该问一问做丈夫的。

即便只是想象，我作为一个可能是被养的那个人，也都觉得压力山大。因为我无法心安理得地把所有的重担都放在一个人的身上，所以，肯定不会放弃努力啊，短暂的调整后，还是要跟他一起承担啊。

我不止一次看到一些男人介绍做家庭主妇的妻子是这样的，带着一丝说不上是暧昧还是嘲讽的笑意，说：“她不上班，在家里。”

她不是不上班，她的职场在家里。

措辞可以改，但是丈夫的态度才是更应该注意的，他们的这种“养”带着自大，带着不满，甚至带着不屑。

长大的一个表现是，不再会随便把希望寄托在别人身上，更不会在别人那里索要安全感——无论是父母还是爱人抑或是同事、领导、搭档，因为像是一团麻烦贴到别人身上去，早晚会成为累赘，遭人嫌弃吧？而是要学会认真打算，仔细考量，学会放弃一些天真的梦想，但永远不会放弃努力。

当你真正爱一个人，当你愿意和一个人搭建起快乐、幸福的生活时，你也不会不负责任地把自己投入一种“你养我”的境地，而是两个人有分工，有搭配，这跟是否出去上班的关系其实已经没那么大了，重要的是，两个人扛起一个家。

真正好的婚姻，不仅仅是每天都说“我爱你”，更不是每天都问“你是不是不爱我了”，而是彼此都清楚地知道，我们深爱着对方，若是有一天情势所需，站在对面的这个人会养我。

这样的婚姻，才有底气。

Be yourself,

but be your

best self.

静下来，我们会清晰地看到自己想要的生活，知道自己想要成为什么样的人，找到方向，披荆斩棘开拓出自己的路，走下去。

愿你能够倾尽所能去改变生活。而不是，被生活改变成自己不喜欢的样子。

幸福不是你想的那么浅薄

PART 2

你焦虑并不代表你努力

当你觉得一件事情离开自己就无法运转的时候，就意味着，你出问题了。你看起来很努力，其实只是，很焦虑。

秋天的时候，有一次乘坐游轮出国旅行，第三天的早晨，同行的女朋友微微皱着眉头说："我昨晚上没睡好，总是在想事情……怕有些事情没处理好。"

我问她："你知道自己的焦虑于事无补对吗？"她点头，但依然眉头紧锁。

旁边的朋友们开始讨论如何放松身心，深呼吸、做瑜伽等，可以纾解焦虑……我们每个人都多少有些焦虑的经历，或者，正在焦虑着。

缓解焦虑的方法当然有很多，但是效果如何，因人而异。最根本的是，我们应该破除对焦虑的误解，让自己从心底自在从容起来。

焦虑，是当下极为常见的一种情绪。

这几年我接触过一些年轻人，他们跟我情况相似，从大学时代甚至高中时代就开始因为想法多、个性强而产生焦虑情绪，无法排解，各种纠结痛苦。

其中当然有“为赋新词强说愁”，但也有现实的因素，找不到排解方法的许多人，可能就会想方设法地用玩闹来耗费时间，或者谈一场原本没有多么渴望的恋爱，希望以这样的方式来甩掉焦虑，但结果往往并不好。

要么是虚度时光，要么是为情所伤，所以当他们来问我该怎么办时，我会说：“找到你的兴趣爱好，从最基础做起来，当你真正开始做一件事情的时候，你就不会被焦虑挟持了。”最微小的事情，只要开始了，就是进步；而仅存于想法中时，那仅仅是情绪。

工作几年之后，我曾有过非常焦虑的状态。

当时工作压力大，总是觉得责任重大，太多事情需要处理，或者说非我处理不可。一开始干劲满满，动力十足，仿佛变成陀螺，不停地旋转也没问题。渐渐动力减弱，身心却被动地持续紧张，效率降低，但还努力地保持着“满负荷”。到后来，我只是在用焦虑假装自己很努力，以此满足内心对自己的苛求——我一定要做到最完美，我一定要做到最好……那是非常痛苦的。

你知道自己的能力和动力达不到百分百的状态，脑子还在不停地转着，一二三四五，不管是否力所能及，全都要不停地想来想去，结果呢？全都是痛苦。

当时我在做一份周报，每周四签版。每周的签版日结束后，有一两天的缓冲时间，至少周末是可以放松的。但焦虑中的我，却没有这样的闲情逸致。

我在最后一个版面上签下名字开始，就会非常焦虑：“下期的选题在哪里？我还能找到这么好的采访线索吗？采访对象会配合我做出好的访问吗……”各种各样的问题，不请自来，不得安宁。你知道于事无补，可是你却停不下来。

为什么？

因为你想对你自己和全世界表明：我真的很努力啊！

现在许多人，正是在把焦虑当作了努力。

以为自己越焦虑，越忙碌，就是越努力，越成功。而实际上，这真的是南辕北辙，事倍功半。

我有一位从事市场销售的朋友，前些年事业风生水起，既有很好的工作成绩，又热爱生活，家庭和睦，真是令人羡慕啊。

不知怎么，后来就画风突变了。

有一次我们约了喝茶，在短短的半个小时里，他接了超过十个电话，即便电话不响，他也总是不停地查看手机；又或者，在聊着某个话题，他突然就岔开了，再也回不到之前的谈话；他总是不自觉地露出很紧张慌乱的表情，我问他是否有重要的事情，他却说没有，只是在担心下属是否处理好某件事情……

当你面对这样一个人，自然是无心安坐的，叙叙旧的想法早就烟消云散，我暗想：他状态这么差，回到家里，家人也要跟着受累吧，一定也会慌慌张张的，工作伙伴也会被搞得神经兮兮吧？

他说，自己睡眠质量越来越差，大把大把地掉头发。说这些的时候，他脸上是苦笑，但口吻却是骄傲的：“没办法，实在太忙了，脱不开身啊！”

跟他相熟的朋友说，他这两年的业绩不好，人际关系处理得也很不好，总是苛责别人做得不好，自己揽了很多事情却又处理不到位……

他只是看起来很努力，而实际上，是真焦虑。

我先生有段时间工作压力蛮大，晚上看资料到很晚，清晨天还未亮又捧着咖啡坐在电脑前，搞得我也跟着精神紧张。

偶尔我问他：“你这样累不累啊？”

他叹口气：“当然累啊。有时候觉得脑子里都已经不装东西了，看半天才能看懂一行……但是如果不看的话，就会觉得好多事情还没做完，也睡不好，索性就起来看吧。”

我劝他，工作之外要有一些运动，让身体疲惫之后放松下来，晚上早点睡，哪怕是要看资料，也不要太晚，一定要适可而止；早晨起来，让脑子放空一下，再开始这一天的努力，而不是一下子就进入高速运转中开始自己的焦虑……

我们中国人讲究“老黄牛精神”，但你一定也听说过“老牛拉破车”。当一个人疲惫不堪、精神不济、超负荷运转的时候，能把事情做好的可能性微乎其微，更多的只是以焦虑情绪来假装在努力而已，到最后，结果若是不尽如人意，焦虑情绪又会加重，这是个恶性循环。

“当你觉得一件事情离开自己就无法运转的时候，就意味着，你出问题了。”我在书中读到的这句话对我启发很大。

彼时，我已经走火入魔，觉得好多事情离开我都无法推进，当我无法完成得很好时，我就用紧锁眉头、长吁短叹来麻痹自己，让自己相信：我已经很努力了，我已经尽力了，结果这样我也没办法啊……

这真是一种自我麻痹，甚至是在演戏给别人看。

这几年，我学会放下——有些工作完全可以和同事分担，孩子的一些小事儿没必要那么紧张兮兮，家里的大事小情可以拜托家人，偶尔写不出满意的文章，也没关系啊。

甚至就放手不写好了啊，看看书，喝喝茶，听听音乐，重新充实自己，不要让焦虑从心底升起，保持好的心情过好每一天。

我已经过了“看起来很努力”的阶段。

我不需要向别人证明我多努力，我多出色，我更需要学会了解自己，学会调整情绪与它相处，然后，我会努力成为更好的自己。

亲爱的，请放下你的优越感

优越感会让人生出虚幻之感，飘浮在半空中，也因此体会不到真正闪现在生活中那些细枝末节的小幸福、零零碎碎的小快乐。

身体不适的周末，用两天时间看完了李娟的《羊道》，看得心里清凉舒适，惬意非常——身体还是兀自病着，精神却被治愈了。

感觉灵魂已经不在身体里，而在遥远的远方，跟着她的文字，随意飘荡。

文字写得美的人，并不少见。精妙的构思，精致的文字，甚至浩瀚的想象，这些，在当下我们能接触到的介质上呈现出来的，都很多。

为什么唯独李娟会让我这么痴迷呢?

有一点不可或缺。李娟和她的文字，是不带一丝一毫优越感的，是纯然素净的，是完全质朴的，是全身心投入的，也是无限谅解的。

无论是对人，对事，对动物，还是对天地。

能够写出这些无声无息却又动人心魄的文字，很大程度上，是因为她始终以素人的状态去融入牧民的生活——不是打量，不是路过，不是走马观花，而是真正地融入，是俯下身子成为大地的一部分，是冲进羊群成为牧民的一部分，是步入森林成为天地的一部分。

面对牧民，她没有作为外人的优越感；面对不识几个字的人，她没有身为“写作者”的优越感；面对动物，她甚至没有作为人类的优越感。

这对我们大多数人而言，简直不可想象。

优越感是一种很吊诡的东西。

它不是与生俱来，甚至我怀疑它并不是从人的内心生发出来的，而是在外界环境、物质条件及各种因素的刺激之下，才逐渐生发出来。

它是一种睥睨的态度，蔑视的心理，看起来与自信有些相似，实则有天壤之别的东西——自信更多地是源于内心的强大及对事物的掌控力，而优越感，则几乎完全依附于外在条件。

这大概算是一种后天的心理活动吧。

有些优越感是“有趣”的。

譬如美剧《生活大爆炸》里的谢尔顿对于自己智力的优越感，噢，人人都爱的卷福亦是。许多天才都会有自信到狂妄的一面，但我等普通人类面对他们的聪明绝顶及优越感也只能由衷敬佩，也是应该的。

但大部分的优越感，是无趣的。《破产姐妹》里的卡洛琳就曾经是优越感爆棚的典型。尤其是最初流落到贫民区成为一名侍应生的时候，她一方面羞愧难当，一方面又时时不忘秀一秀出身豪门的优越感——最后都被无情的生活和无情的 MAX 给灭了。

优越感往往是依附于家庭出身、物质生活、职业薪水、所处环境等产生。荣华富贵最容易滋生优越感，自觉高人一等，很容易就有睥睨众生的态度。

但若这些外在条件不复存在，优越感也就会随即像是一场幻梦一般破碎，烟消云散，而人却跌跌撞撞，在这自己挖凿的沟壑里，难以平复自然的状态。

《红楼梦》里大户人家的丫鬟们，明明也是出身卑微，是被二两银子卖进豪门的，但因为在锦衣玉食的氛围里浸淫得久了，也油然而生一种优越感，甚至是那种被下人（明明他们自己也是）或者普通人看一眼都是亵渎的优越感，实在可笑，而她们却觉得“理所应当”。真正的贵公子贾宝玉反倒持一颗平等心，也真是令人慨叹。

大多数人的优越感，基于一种呓语般的比较。

以自己的长处去比较别人的短处，譬如我比你个子高，却不去在意人家比你成绩好；譬如我赚得比你多，假装不在意人家过得比你洒脱；譬如我的大学比你有名，噢，可是离开学校你混得好像更差一点……明明，你是一株草，就不要去跟一朵花比较谁更绿。

我们本来就是完全不同的个体，为什么非要拆开来一截截地做对比呢?

即便是我们这样的普通人，亦能感觉到那优越感像是影子一样，紧紧跟随，想要抓住机会随时显山露水一番。

小时候，会觉得自己比成绩差的同学“高”一截，甚至学习成绩好的孩子们是不屑跟差生一起玩的；长大一点，优越感可能基于家庭条件，考入的大学是一流二流抑或是不入流；再长大一点，因为月薪高或者行业好，甚至能接触到很厉害的人物，就真的会飘飘然，觉得自己“很不错”……

这些幻梦般的装饰品啊。

我偶尔能够察觉到自己一丝的优越感。当我面对那些我已经不是很熟悉的乡邻的时候，当我走入稍微差一些的环境时……许多这样的时候，我是有优越感的，哪怕是不表现出来，你也能察觉到心底最深处，那丝丝缕缕的冷笑。是一种不够善意的，甚至带着一点点鄙夷的冷笑啊：瞧，我比你好！

于是就心生鄙夷，于是就颐指气使，于是就心浮气躁。

我时常会想，持有“平等心”到底是一种什么样的体验？想到李娟那些并非瑰丽却令我向往的文字，是以怎样的心情底色写就出来的呢？我也会想到，一个人到底以怎样的姿态拥抱生活，才能全身心地感受到那种热烈与美好？

想来想去，不过是放下优越感，以最真挚、最朴素、最火热的姿态去投入到最真实的生活中。

优越感会让人生出虚幻之感，飘浮在半空中，也因此体会不到真正闪现在生活中那些细枝末节的小幸福、零零碎碎的小快乐——双脚没有踏在地上，又怎么可能感受到地面的炙热呢？

优越感，会让一个人很难真正地认识自己，更不要提自省与自强。

优越感太强的人，见不得比自己好的人，那会让他觉得自己被打回原形，进入自卑状态。所以，大部分时候，他们用睥睨、鄙夷的姿态“往下看”，以这种“我比你好太多”来喂养自己的优越感，日益膨胀，日益飘浮。

真正的幸福，是一种强烈的内心感受，不需要跟别人做比较或攀比，它是你嘴角不由自主地上扬，是你内心的踏实感，就这么简单。

尝试着，放下你的优越感、你的好工作、你的高工资、你优越的办公环境、你非常有钱的男朋友……放下这些，以素人的面目，去感受生活给你带来的快乐，爱情给你带来的甜蜜，一点点小物质带来的大欢乐。

有许多物质的外在，会在某个时刻烟消云散。而你内心的体验与收获，才是长久而恒远的。

就如同李娟说：我不用去远方，我就在远方。

当你觉得人生艰难

如果你不能跳出自我，不能承认失败与自己犯过的错，你真的很难度过一次又一次的艰难，钻进牛角尖，人往往会变得更偏执。

时常会有这样的时候，觉得很累、很疲惫，做什么都提不起兴趣，从前只要想一想就食指大动的美食也不会让自己心动，总之，就是特别无聊又很懒散的状态。

我认为这是身体给我的一个信号，让我适当休息，调整状态。但有时候，还没来得及去认真思考，就被一些事情猝不及防地打倒，情绪非常低落，身体更加疲惫，甚至有一种透支的感觉。

那时候，觉得人生好艰难啊，怎么走，都走不出泥潭，走不到康庄大道，走不到自己想要的幸福之地。

如果你也有这样的时候——觉得生活苍白而无聊，觉得一切都不再有趣味，甚至觉得人生很艰难，咬牙都撑不过去，请你就面对现实甚至失败，接受它，哪怕落魄一点，也不会怎样。你还是你，你总有一天会走出那团阴影，你会的。

人生诡异多变，车水马龙的城市里看似熙熙攘攘，好多时候，却不能安放一个人的悲伤。

当你悲伤的时候，那就安静下来，静静地等悲伤过去。

朋友请我帮她推荐心理医生，说是家人遭遇诈骗，精神有些崩溃。她说，从外表看上去，一切如常，但作为至亲家人还是能够感觉到问题，所以隐隐地担心，希望能够找专业人士进行一下心理干预。

我赞同她的决定。有时候，崩溃发生在不动声色之时，当问题浮出水面，恐怕为时已晚。

小区里有一对老夫妻先后过世，曾引起左邻右舍唏嘘不已。老夫妻早年都在文艺团体工作，有一技之长，也因此退休之后仍然带学生，收入很不错。子女早已成家立业，无须担忧；老先生曾经罹患癌症，但夫妻俩相互扶持，所以病情稳定，生活还算舒适安逸。

直到有一天，他们认识的朋友说带他们参加一种回报率很高的投资——这种事情年轻人都会犹豫再三，但是老人却轻信了对方，最后被骗走了几十万存款。

这犹如迎头痛击，把两个人的生活顿时击碎，老太太委屈又愤懑，选择在地下室上吊自杀；没过多久，孤单又重病的老先生也去世了……

这些像是新闻里才有的事情，发生在自己身边时，真是令人触目惊心，久久难以平息。

如果你关注社会新闻，你会发现，各种诈骗层出不穷，手段花样繁多，总有人会上当受骗，而很多时候，我们不能当时就看到“恶人有恶报”。

委屈、郁闷、烦躁、痛苦、煎熬，互相指责，相互埋怨……这些都在情理之中。但是若退一步看，就接受这个窝囊的现实，就承认自己这次瞎了眼，是不是总比整个人分崩离析要好很多?

同样的故事，相似的剧情，也曾发生在我的朋友身上，他们被一个相识多年的朋友盗刷了二十多万的巨款，对方一走了之玩起消失，而他们却被迫背上了沉重的债务。

他们也有过无比崩溃的时刻，哀叹遇人不淑轻信了他人，也哀怨过怎么会遇到这种事儿，心里不服气但又无可奈何。最后的最后，他们叹口气，鼓起劲，先接受了这件事已经发生的事实，积极地解决问题，一方面先把卡债的窟窿想办法堵上，同时寻求法律支持，通过法律手段来捍卫自己的权利。

事情已经发生，哭天喊地并没有用，重要的是，要一点点收复失地，一点点恢复到往日平静的生活。

他们依然很努力地生活，迟早会找回自己的笑脸。

谁的人生没有经历过艰难呢?

如果你不能跳出自我，不能承认失败与自己犯过的错，你真的很难度过一次又一次的艰难，钻进牛角尖，人往往会变得更偏执。

我 22 岁时，突然听说儿时的一位伙伴自杀了，震惊之余梳理她的成长之路，总觉得这悲剧仿佛是注定的。

她的家庭很糟糕，父亲酗酒又暴力，母亲承受着苦难，特别能唠叨，对他们姐弟也算不上好。女孩除了要照顾弟妹，帮忙做家务之外，还每天都被咒骂，甚至挨打。她个性孤僻，特别好强，从小学习成绩就很不错。但初中毕业之后，就没有机会再上学，开始打工赚钱补贴家里。

她一心想要离开家庭，选择跟一个大她很多的男人恋爱、同居，但过了两三年，对方却以她有病为由将她甩了。这件事成了压垮她的最后一根稻草。她选择以最决绝的方式离开，结束了自己甚少有过欢乐的一生。

人生有太多艰难的时刻啊。

当你有一天发现自己根本没有那么聪明能干，周围人轻轻松松能实现的一切而你怎么努力都得不到的时候；当你发现你倾尽全力追求的爱情，最后变得面目可憎，曾经爱过的那个人狠狠地伤害你、践踏你；当你发现你曾那么认真投入地去信任、付出的人或事，却变成了一场噩梦来纠缠你的时候；当你发现……你当然会痛苦、会怀疑，甚至会崩溃。

可是，这就是人生啊。

它是一场永远不知道下一秒会发生什么的冒险，它是一次你要不断充实自己、壮大自己才能够去看到更广阔世界的探险，它也是你要不断地放下执念，放弃完美，要敢于承认失败和面对泥泞的考验。

爬山时，如果觉得累，我们会停下脚步，看看风景，或者是坐下来，休息一会儿。在人生的这一次攀爬中，你也可以。

等你喘口气，歇一歇，缓过来，再往前走。

你一定可以跋涉出泥泞，一定可以走过痛苦之地，你连最艰难的时刻都熬过来了，还有什么可怕的呢?

先谋生，再谋爱

只有独立、自由地活着，你才有希望遇到真正好的爱情，才有可能全身心地去爱别人，也被别人爱着。

傍晚回家，经过路口，一对年轻男女站在那里讲话。

男人不耐烦地说“你赶紧走”，女孩有些激动：“你给我钱，你到底把钱花哪儿去了。”男人的语调听上去有点无赖：“那你给我啊。”……我扭头看了一眼，男人穿着西装，大概是附近的上班族，女孩穿着休闲，背着双肩包，两人相距一步之遥。

女孩的声音有点崩溃，开始吵吵。我回头张望，看到男的突然揪住女孩的头发，将她拖入旁边绿化带的树丛中——女孩没怎么挣扎，两个人是亦步亦趋过去的。我站在几步之外没再走开，生怕女孩吃亏，若是这男人动手打她，或者听到女孩的呼救声，我得打电话报警才行。

过了一两分钟，两人还是站在影影绰绰的绿化带里说话，后来女孩开始打电话；然后，两人一前一后走出树丛，我长舒了一口气，继续走我的路。

他们之间的故事和感情我当然一无所知，但是两个人那几句对话，以及他揪住她的头发将她带到旁边去的那一瞬间，实在是令我触目惊心。

如果我认识这个女孩子，我一定会劝她尽早离开这样的男人，哪怕是你的钱在他身上打了水漂，哪怕你们曾经有过甜蜜幸福的时光，而如今也已烟消云散，哪怕他曾经对你温柔呵护关怀备至，这都抵不过他在你崩溃追问时那漫不经心的一句“那你给我啊”，更抵不过他毫不手软地揪住你的头发那一刻令人不忍直视的残暴。

两个人对话时女孩的身体一直处于很紧绷、防备的状态，大概也是怕男人会动手打她吧，至少这说明，这个男人打她的可能性很大，而她，是知道的。

平日里，我们经常讨论的是如何追求内心的平静，怎么追求梦想、幸福，如何成为更好的自己，而就在我们经过的某个路口，或者住在我们楼下的某个房间，抑或跟我们在同一栋大厦上班的某个女孩，她却可能挣扎在爱与痛的边缘。

当自身安全都得不到保障，还谈什么内心的幸福？

山本文绪的小说《蓝，另一种蓝》中的一个女主角，就有类似的情况。她恋爱时就发现厨师男友喝酒后有暴力倾向，但是每一次酒醒后他就痛哭流涕苦苦求饶，而且他平时对待自己真的很温柔啊，所以她还是嫁给了他。

婚后，他的暴力行为还在继续，而且日益加重，一直到她已经习惯了被暴打凌虐后，自我安慰：“这次熬过去，又可以轻松一个月。”

天哪。

没错，有些恋爱中已经发现端倪的女孩，居然寄希望于“结婚后他就好了”这样的幻想，真是可怜又可恨。爱情很重要，但真的不应该比生命更重要，我们能否先谋生，再谋爱？！

一份好的爱情，应该能够让两个人互相包容，互相促进；但坏的爱情，却可能扼杀一个女孩的青春、梦想，乃至一生。

我不相信存在着暴力的爱情是好的爱情。哪怕你甘之如饴，我仍然认为它是有毒的爱情，一直到杀死你的所有希望，让你在恐惧、动荡中过完自己的一生。

年轻的女孩，哪怕你不能成为一个女强人，哪怕你很平凡、普通，但还是希望你，成为一个独立的姑娘，能够保护自己的安全，明辨是非，能够在伤害刚一出现的时候就警醒，断然离场。

可以不夺目、不耀眼，甚至，你可以平凡，但是首先要保证自己的安全。尽量让自己在安全的环境里生活，在你自己能控制的部分里，尽量做到最好；你要拥有一份安全的感情——并不是说要永远不会分手，而是，这份感情不会伤及你的身体发肤，不会让你的身心受到巨大伤害。我们一定要对自己的安全有察觉，这是对自己负责，天灾人祸已经够多了，我们还不知不觉把自己置于危险的境地，实在是太愚蠢了。

所谓谋生，除了要人身安全，还有就是独立。

有许多女人，一谈恋爱或者走进婚姻里，就不再是自己，而是变成男人或者家庭的附庸，受再多委屈，吃再多苦头，也不离开。

逃不脱，因为被吃定，自己也知道，所以就认命。

儿时的老家有个男人动辄就打老婆，鬼哭狼嚎，半个村子的人都被惊动。但每次的套路都是，男人打老婆→有人劝架→男人说自己喝多了→转天又和好，女人鼻青脸肿不以为意。

他吃准了她离不开，所以随便一个借口就对她拳脚相向，发泄自己对生活的不满；她大概也是这么想的，屡次被打，从未离开。她不相信自己离得开这个家，还能活下去。

但如今我们周围那么多受过高等教育的年轻女孩遭遇了同样的事情，做出的选择居然也跟这个农村妇女一样，忍受，忍受，忍无可忍继续再忍，因为她们不相信自己可以靠自己活下去。

她们以为自己是在为爱忍受，而实际上，是在谋杀自己。

不谋生，如何谋爱？在动荡恐怖的氛围里胆战心惊地生活，又谈什么爱和幸福呢？

更为触目惊心的是，某一天的社会新闻里，跟我在同一个城市的一个女大学生在宿舍产子后双双死亡，实在令人唏嘘……

大概，她有很多难以言说的尴尬，所以才不肯向别人透露，也不肯求助，最后搭上了自己和孩子的性命。

真想告诉那些年轻的女孩，若你犯了错误，或者做了难以承受后果的事情，你要学会求助，向你的家人亲朋求助，无论什么时候，总会有人帮你的。年轻的时候谁都会犯点错，但你不求助，可能会把一条泥泞的路走到尽头，等待你的可能是更大的痛苦。

想起自己的二十岁，懵懵懂懂，对世界几乎一无所知。

也曾以为自己无所畏惧，也曾以为自己离开爱情就活不下去，也曾觉得开口向别人诉说自己的痛苦会尴尬，也曾觉得一个人扛着扛着就过去了……

可是走过了一些路，经历了一些事，看到很多的故事，认识了那么多内心写满沧桑的人之后，我真的想对年轻的女孩们说：请你一定要先谋生，再谋爱。

只有独立、自由地活着，你才有希望遇到真正好的爱情，才有可能全身心地去爱别人，也被别人爱着。

你才有可能幸福。

有些事，只靠努力是不行的

"虽然我没有成功，但你知道我有多努力吗"，这种努力，还不如痛快认输重新来过，才是真正的勇士。

杂志做到第十年时，我看着传统媒体被移动互联推向了另一个境地。

最初两年，听到杂志业有点风吹草动，我就很敏感、很焦虑：是不是我还不够努力，是不是还有什么事情应该做而我还没做?

总觉得，只要努力就有可能会打个翻身仗，还有逆袭的机会。所以拼命想选题，加班，寻求各种合作，想各种招数……累是必然的，但更令人难以承受的是，付出和收获完全不成正比，甚至相去甚远，渐渐心中就会有委屈、痛苦和郁郁寡欢。

后来才清醒过来，有些事儿，只靠努力是没用的。

老祖宗早就说过了，一件事的成功，得有"天时地利人和"。做任何事情都少不了主客观因素，大环境的影响，整个时代的走向。当你的努力只是螳臂当车的时候，你继续努力，不过是把一件事增加更多的悲剧气息而已，甚而顾影自怜，自怨自艾，甚至可能会走向消沉、低落的境地。

“我已经很努力了，为什么还不行啊？”很多人愤愤地诘问。

年轻的时候，你相信只要努力，就能到达成功的彼岸。他们说，时间会给你答案，所以你就一直努力吧。

人当然也必须为自己喜欢的人、想做的事努力、奋斗、拼搏。

但同时，你也得清醒而理智地明白：有些事情，你再努力也没用。

你向往成功，但也要勇敢接受失败。

有的人无论多用功都无法成绩优秀，内心的痛苦只有他自己知道，而家长老师总是说“你还是不够努力”；长大后，你无论多努力都追不到喜欢的那个姑娘，用尽爱情三十六计，最后却只能痛苦地在深夜醉酒后高唱“那么爱你为什么”；你工作很努力，可有些客户就是谈不拢，有些机会就是没有落到你头上……

努力是你应该的。

而成功，却未必是你能得到的奖赏。

小佳是我认识的最深情的姑娘。她用了十年，才走出一段“很努力的感情”。

她曾用自己所有的心思喜欢一个学长，所谓“一见杨过误终身”，从 20 岁开始，她眼里只有他，看不到任何人。

为了他，加入并不擅长的社团，只能各种打杂跑腿，看他和其他人一起谈笑风生也觉得很开心；选修各种有他的课程，为他占座位，买早餐和夜宵；穿衣打扮发型说话，很努力地靠近他喜欢的那类女孩的 style；跳槽好几次，目的就为离他公司近一点，多次制造偶遇的机会……她真的很努力了，很努力地喜欢他，也希望得到他的喜欢。

但学长从未给过她任何机会，不单独跟她接触，甚至明确告诉她“我们不可能”；他谈过两个女朋友，毕业之后两年多就结婚了——即便如此，都没有阻止小佳疯狂热烈的爱。

人人都说她傻，她却总检讨是因为自己不够努力。所以，每次学长拒绝她、疏远她，都没有让她放弃，反而激起她更多的努力——她工作很拼，优秀出色，薪水很高，生活优渥，她觉得只有这么优秀才能跟男神比肩而立。

但这一切对学长来说并没有什么意义。

30 岁生日，她只邀请了学长一个人，但他送上礼物之后只说了一句话：“我妻子怀孕了，我要早点回家陪她。如果你继续这样，我们可能连朋友都做不成。”

小佳从那天起决定接受失败：“我爱上了一个不可能爱我的人，我再努力也没用。”

这是她的一次失败，也是一次新的人生机会。

这几年，她依然单身，但不再逼自己，也不再怨天尤人。她说只是还没有遇到一个心动的人，仅此而已。

多年前的某天，从前的同学突然联络我，请我帮他打听某个单位的电话，想要知道自己的女朋友是否在那里工作。

他在电话那端百般沮丧地说，她家人不同意他们在一起，所以她离开了他们所在的城市，切断了所有的联系，他辗转打听到她如今的公司……简单几句话，我听得揪心又难受。

她主动放弃了这份爱情，而他还在努力，但他的努力，在此时变得好苍白、好可怜。

……

几年之后，我再听到他的消息，果然没有跟那个“消失的爱人”在一起，而是娶妻生子，有了另一番面目的人生。

有些努力，很有可能把我们变成一个悲剧，让我们拼了命地去付出、去投入、去焦虑，最后的最后，把我们变成了“沮丧的奋斗者”，由内而外地散发出“我已经很努力了，为什么我还是一个Loser”的气息，这很可怕。

这种人不是浑身充满戾气，就是自带“虽然我没有成功但你知道我有多努力吗”的光环，很难相处。

这种努力，还不如痛快认输重新来过，这才是真正的勇士。

别怕，一切可能没你想的那么糟糕

一切可能没有你想的那么糟糕，而到最后，你的境地有时还允许你变得更好一点。

六七岁时，我跟妹妹在外面玩，妹妹掉进了一个旱井里，我吓得要死，当时心想这回一定会被爸妈揍死吧？！惊慌失措间喊人帮忙，大人们找了绳子和筐子，放到井里，让胖嘟嘟的妹妹爬进去，把她给吊了出来。幸好，旱井不深，她竟然毫发无伤，我也大大松了一口气。

上小学，总是听父母念叨“没钱了没钱了”，好像爸爸的工资总是撑不到月底，而我们马上就要去喝西北风。他们念叨的那几天，我都会特别小心谨慎，哪怕是需要买文具这样的正常开销都不敢提出来，生怕一块钱会导致经济崩溃。以至于有一天我妈从外面买了什么东西回来，我心里有很大的疑问：不是没钱了吗？

中考之前我想，若是我考不上好点的高中，不但会令父母失望，我自己也会沮丧地活不下去吧？结果，我就真的没有考上好点的高中，而且是两次！父母失望是真的，我自己却并没有真的想要去死，沮丧了几天，灰暗了几天，消沉了几天，去了那所三流高中，很快就又活蹦乱跳起来，成了一个年轻鲜活的人，又开始憧憬未来。

也不是真的没心没肺。总得过下去啊。把眼下的自己摆平，哪怕是侧侧身通过一条狭窄悠长的路，只要能够走出最痛苦、尴尬、郁闷、消沉的境地，前面一切就都好了。

谈恋爱的时候，有一次因为小事吵架，我独自回了学校宿舍，关上阳台门，号啕大哭。心想，这次是没办法挽救了，伤心透了，一定是要分手的！过了一会儿，他发短信打电话来，道歉、解释，于是又和好，好像刚才的决心和崩溃都是表演给别人看的。

考驾照的时候，咬紧牙关把所有规定动作做好，车停在了路边，只等着坐在车上的考官打及格了，一高兴，忘了熄火。然后？当然是不及格。我站在车旁，整个人都是麻木的，觉得自己之前所有的努力都付诸东流，考试都通不过还有什么意义呢？想死的心都有。心情灰暗地躺了两天。

过了几周，又去练一次路考，叽叽喳喳地跟新一批学员聊天开玩笑，等待下一次考试。

……

有时候觉得崩溃好容易啊。

从前觉得崩溃可以让眼前的一切都灰飞烟灭，让事情变得不可收拾。

长大后才发现，崩溃不过是为了把那些自己解决不了的情绪，那些委屈、愤懑、痛苦、烦恼，用一种让别人看到的方法表达出来。然而对于改善事情而言，并没有什么用处。

小时候，我就目睹过崩溃的“威力”，街上的婶婶大妈，无论是跟丈夫吵架，或者跟邻居闹矛盾，先是伶牙俐齿地叫骂，然后就是崩溃，坐在地上号啕，拍着大腿一边数落一边痛哭。

长大之后，我倒是非常在意情绪失控这件事，不能让崩溃发生，因为那不是真正的“不破不立”，只是对情绪肆无忌惮的宣泄，把自己的底线一再放低，让自己以为情绪的宣泄可以解决问题，而事实并非如此。

有段日子经历着跌宕起伏的事情，情绪涌动的时候，闷闷的，觉得特别不真实。身在其中，倒是发现了一个有趣的事情：每次你以为自己要崩溃了，生活要崩塌了，一切都要毁坏的时候，却都又能找到一条小小的路，弯弯曲曲地走出来，摇摇欲坠的心房最终没有成为废墟，而你在走出泥潭之后，发现自己居然安然无恙。

一切可能没有你想的那么糟糕，而到最后，你的境地有时还允许你变得更好一点。

心情不好的那几天，反复在听那首老歌《你的样子》。

有时候想着，我们每个人，都像是在逆风行走，有时候还算顺利走得快一点，有时候则是举步维艰。

可无论如何，也只能是继续走。

幸福的人，并不是因为他们没有遇到过困难或者麻烦，而是遇到之后积极地去解决、去化解；而不幸的人，也并非是他们遭遇的苦难就比别人多，其中有很多人，是过于夸大了自己的不幸，或者任由自己崩溃，让一发不可收拾给别人看，自己也就尴尬得难以收场。

这世界，浩浩荡荡，天地茫茫，到底我们会在这世界刻画下什么样的样子呢?

大概只有我们自己清楚。

但愿我们每个人都能是“潇洒的你，把心事化进尘缘中”。

人生一定不如你想象的那么美好

当人生不如你想象，你不过是把双脚落到实地上，接受现实，然后继续去做我能做出的最大努力而已。

我先生总说我是“过于乐观主义的人”，虽然我对“过于”两个字存疑，但是不得不承认，我的确是乐观主义者。

很多时候，当一件事情才刚刚开始，我就会有各种各样的畅想，而且会想象得过于美好，就好像，刚写下第一行字，就看到自己写下的是无比精彩的巨著一样，然后就会乐不可支地写下去。

我在生活中的许多时候都是这样的。得益于此，大部分时候我活得兴致勃勃，因为我总是相信前面的路很好走，阳光一片。

开始一个项目之前，我会相信，这个项目会很赞；刚刚跟一个人交往的时候，我会看到他性格中的各种优点，兴冲冲地跟他做朋友；总之，在一件事的开头时，我总是充满着特别美好的幻想。

而人生当然不是这样的。

几乎所有的事情都有各种跌宕起伏、五花八门的纠缠，甚至有许多看着是走向光明大道的事情，过程中也是充满荆棘陷阱，或者枯燥不堪。

没错，人生不如我们想象的那么好，甚至很糟糕。

我曾把大学生活幻想得如梦似幻，跟偶像剧里看到的那般。事实上，刚开学的军训就几乎把我搞抑郁了，每天都在想“我要不要回去复读重新参加高考”。

怎么办?

当你真正沉入谷底的时候，就会慢慢去调整自己的期待值，就会知道原来本来的面目是这样的，原来没有那么多天花乱坠啊。

我曾经以为我会在大学里表现得很出色。真实的情况是，我是个普通到不起眼的女生，周围全是比自己优秀出色的人。

这需要一个过程，然后你就会慢慢接受自己的普通。当然也会消沉、会难过，甚至痛苦。但是当你看到生活真实的样子，当你知道自己不过是最普通的一个人，那么你要沉沦吗?

不是。

你还可以做最普通的事情——喜欢的事情，能做的事情，去图书馆读书，参加勤工俭学打工，在网上写写文章。你成不了人群中闪耀的那一个，至少你可以尝试着，去成为一个自己不会讨厌的人。

这很重要。

接受自己是个普通人，接受人生并不是那么一帆风顺，对我而言意义非常重大。

某种程度上来说，正是因为我接受了真实的自己，才逐渐能够成为我自己，而不是假装自己多么出色优秀，不勉强去“实现”父母高不可及的期待，不迎合别人的要求与设想。

“人生总是会有一些很艰难的时刻。”——英剧《福斯特医生》中，女主角这样告诉自己的儿子。对于有些人生经历的人而言，这是一句在心中咬牙切齿的话，而我们的脸上，依然是风轻云淡。

人生在世，终究有太多牵绊，各种力量，互相裹挟，相互推动，有时候，会把我们推到无路可走的境地。

工作的焦虑，内心的落差，父母的期待，环境的压力……别人说出来总是“有什么大不了”，可是一点点渗透到我们的心里，就累积成万斤重担。

朋友说：“你不如写一写，若是人生不如你想象的那么好，该怎么办？”

这有什么值得可写的呢，我们的人生难道不是一直都如此吗？几乎，我们每个人的人生，都不如想象的那么好啊。

我们出生在普通家庭，学习不错但没能进入一流大学，谈了一两场恋爱但是很爱的那个人最终还是错过了，踏入社会打算大展身手最终却在一份工作里维系温饱，组建了家庭眼看着爱情慢慢被生活的潮水冲淡，而亲情是每天的碎碎念，偶尔还有各种各样的压力接踵而至……

我们常开玩笑说“人生圆满了”，可是我们知道，根本没有所谓的圆满。

在生活里摸爬滚打越久，你就会越明白，人生终究是不可能尽如人愿的。

甚至，你活得越久，你会越明白，人生是在不断失望之中，寻找一点希望，像是在夹缝里寻找光明，像是在黑夜中寻找星星。

因为，有生老病死，有缘起缘灭，有开心就会有失落，有欢喜就会有悲伤，我们总是期待一切顺利，又总是要去接受“坏的事情也会发生”这样的现实。

不是吗?

“那你为什么还要做一个傻乎乎的乐观主义者？”我问自己。

性格使然之外，最要紧的是，我会在每一件事情开始之前，点燃希望之火，以我的想象我的乐观去充满力量，去努力、去争取、去加油。

因为我热爱生活，热爱我自己，热爱将要开始做的那些事情，所以我不放弃任何一点希望，哪怕我知道自己多平凡普通，哪怕我知道这一路多么艰难颠簸，我也不怕。

我的心有力量。我能期待美好的未来，也能承受失落的后果。当人生不如你想象，你不过是把双脚落到实地上，接受现实，然后继续去做你能做出的最大努力而已。

过度拼搏的人，不会幸福

生命的价值，除了用金钱和地位来衡量，更为重要的，是你的幸福感，以及给周围人带来的快乐和价值。

"伪鸡汤"流行的年代里，总是有一些令人啼笑皆非的"励志故事"充斥左右，譬如我在朋友圈里不止一次看过的这一段不知是否真实的话——

孙俪面对媒体采访说道："除了拍《玉观音》休息三个月之外，十年来，我几乎没有休息过一天！"10年的付出，换来身价暴涨；《玉观音》片酬5000元一集，《甄嬛传》片酬30万，《芈月传》片酬涨到85万，出道10年身价涨了近170倍；如此看来人生有两条路可以走：要么吃苦10年，精彩50年！要么安逸10年，吃苦50年！要过什么样的人生，你自己选择！——致敬所有在路上的人们！

我看得连连皱眉。

语法问题就先不纠缠了，令我如鲠在喉的是，这段话传达出来的错误信息：你要努力要奋斗要拼搏要上进要功成名就笑傲江湖，就要放下所有的兴趣爱好乐趣甚至家庭生活和休息，要不眠不休，否则嘛，后果你是知道的——安逸10年，吃苦50年。

这种看似鼓励你努力拼搏，实则是毫无逻辑甚至本末倒置的毒鸡汤啊。

努力，勤奋，当然重要，也是我们从小到大被灌输和教育的。上学时，我们羡慕天资聪颖无师自通的天才，也很崇拜心思沉静努力学习的同学；工作后，人事繁多，鱼龙混杂，但没人会不欣赏勤奋上进的职员；更不要提恋爱结婚找对象，一个勤奋上进的人，一定会被加分。

但还有一件很重要的事，常常被忽略，很少被重视——“努力过了头”，并不是好事。

任何一个行业或者阶层的人，如果沉溺于过度加班，过度拼搏，放弃家庭生活，放弃业余时间乃至放弃自我，都不是值得肯定和炫耀的事情，而是一种悲哀。

我们生而为人，应该也值得拥有真正的快乐，不仅仅是工作，不仅仅是事业的成功、金钱的累积以及身价的暴涨。工作，为生活提供物质基础，让我们衣食无忧，实现自我价值，在社会有立锥之地，让我们获得认同和成就感；而生活，远远不止这些啊，还有甜蜜温馨的小时刻，有去看看大千世界缤纷多姿的愿望，还有绵长温暖的亲情、爱情与友情，还有多姿多彩的兴趣爱好……还有很多很多。

如果把一个人的幸福，仅仅局限在工作的成功、事业的发达和金钱的累积上，这是何其悲哀的一件事。如同《魔戒》里特别热爱金子的格鲁姆啊，终其一生就是在抢夺金子，占有金子，守护金子，如此浅薄而无趣。

你们的身边，一定也有许多工作狂。

我的朋友小全单身时每天工作超过 10 小时，几乎没有休息日，除了同事没有什么朋友，私人社交接近为零。甚至我们都不相信他还有时间恋爱，但好歹遇到了喜欢的女孩，结婚生子，却依然极忙，幸好有个勤快能干的妻子，把家庭照顾得很好，他就更理所当然地拼搏了。

这样的人喜欢皱着眉头说："哎呀，我得多赚点钱，趁着年轻好好打拼啊。"而他们的家人也是皱着眉头的。

有位女友提起丈夫就气不打一处来："一年到头在家里吃饭的次数两只手就能数过来，孩子跟他一点都不亲近，周末人家都是一家三口出去玩，我却经常被当成单亲妈妈……他总说是为了孩子，真要是为了孩子，能不能不要这么拼，留一点时间给我们不行吗？！"

环顾左右，这种工作狂数不胜数。

他们加班出差，努力奋斗，说是为了家庭为了子女，可是他们却缺失了孩子的成长，很少跟家人吃一餐饭，他们可以让太太做全职主妇不必工作，却根本没有时间陪她说说话，表达爱意的方式是给她一张卡让她任性花，仿佛这就可以代替全部感情的表达，代替拥抱，代替微笑，代替那些带有温度的关怀。

这就是你给家人的幸福吗？

他们反问我："不是吗？"

当然不是。

曾有刚踏足职场的女孩向我倾吐她的苦恼，她说非常厌恶自己。

彼时，她刚刚踏入社会，急于上位，急于冒尖，急于获得周围人的认可，想要站稳脚跟。她很努力、很拼搏，几乎把所有时间贡献给工作了；这同时，她还学会了钻营，学会了看人眼色，听得懂话外之音……这都是努力的一部分。

她说起这些时，表情满是嘲弄和厌恶。

她说："我真的已经很拼了，可是，我也真的不开心。我没有朋友，在公司的感觉也很微妙，我没有自己的时间和空间，获得了升职也没人一起庆祝，觉得自己越来越僵硬，像是一台机器……我经常在想：这真的是我想要的生活吗？我这么拼有意义吗？"

我懂那种感觉。

现在很流行的换算方式是——付出就要看到回报，否则再拼都是白费。简言之，就是功利心，相对于生活而言，工作当然更能够看到"实质的回报"，你加班就好，出差就好，拼命就好，把自己淹没在事务中就好。

可是当你获得了那些回报，却发现自己失去了生活、没有朋友，甚至没有自我时，那种深深的失落感，又会紧紧包围着你，让你喘不过气来。

生命的价值，是不能这么计算的。除了用金钱和地位来衡量，更为重要的，是你的幸福感，以及给周围人带来的快乐和价值。

一个人将所有时间和精力都投入工作，孜孜不倦只顾着赚钱，笃信“我为了家庭要不停拼搏”，谈什么幸福，谈什么家庭？你自己过得那么惨兮兮，还怎么带给家人幸福呢？你不幸福，你家人会因为你而幸福吗？

说到底，是自私啊。自私地将自己从家庭生活中剥离出来，去奋力满足自己对于物质与地位无止境的欲望又不肯承认，却说“我是在为了家庭奋斗啊”。

这是对家人残忍，也是对自己的残忍。残忍地把自己变成了生活之外的存在，不去享受，而是践踏。

我不要你 365 天每天都眉头紧锁，我不要夜半醒来看到你在电脑前凝神，我不要你的手指被香烟熏黑，却还要靠一杯接一杯的咖啡来提神，我不要你工作得停不下脚步，连一次休假都舍不得给自己，我不要你永远错过孩子那些成长中的快乐时光，我不要你……

是的，我不要你那么拼——这是多少人想说，或者真的说过却总是被当作耳旁风的真心话啊。

而这，才是真正爱你的人，才是真正的心疼啊。

最好的生活，就是“我愿意”

全身心沉浸在自己喜欢的事情里，一切困难都不以为意，一切简陋都不值一提，一切付出都心甘情愿。

克莱德父母的家在一栋建于20世纪90年代的楼房里，遇到“极寒”天气的时候，我们全都窝在这里冬眠。

白天，我们分散在不同的房间里——我在卧室写文章，小朋友有属于自己的乐园，克莱德先生在另一个房间里看资料，公婆上班下班，来来去去。

到了晚上，大家要各自休息，而我还想再写一会儿文章，就瞄上了餐厅——这是个很独立的空间，门一关，安静极了，不被打扰，也不会妨碍别人。

我把餐桌擦干净，拖到暖气片旁边，电脑和本子拿过来，喝着茶码字。因为靠近背阴的阳台，很冷，我穿了好几层衣服；第二天晚上，拿了一只电暖气过来，写到精神抖擞，凌晨1点才去睡。

因为全身心沉浸在自己喜欢的事情里，一切困难都不以为意，一切简陋都不值一提，一切付出都心甘情愿。

那只电暖气，是2005年买的，用了十多年。

彼时，我和克莱德先生在外租房子住，那是一所很老的房子，光线不好，卫生间小得转不开身，卧室朝阳，而客厅见不到光，几乎没用过。

优点当然也有，上班很近，二楼，窗外是青葱的大树，早晨醒来的时候阳光穿过树叶照进来，很美好。

春夏秋都还好，唯独冬天，没有暖气，初冬时就已经冻得受不了，我去超市抱了一只电暖气回来。

我到现在还记得，在那所小房子里的许多片段——我们一起看过碟片《金枝欲孽》《爱情是什么》，我穿着棉睡衣，两个人就挨挨挤挤凑在电暖气前取暖，也不觉得苦。

他把一台老式笔记本搬过来，速度特别慢，很难用，我偶尔会用它码字，写不出什么名堂，但是想写。

那处房子我们租了一年，每月的房租恰好是我一个月的薪水，可想而知日子过得多么捉襟见肘，但也没觉得苦。天气晴好的夜晚，还挽着手在楼下散步，偶尔溜去斜对面的米线店吃份米线都很开心。

我甚至邀请过要好的同事来吃饭，做了拿手的几道菜……现在想，她们看到那么简陋的环境该多惊讶啊，我忙来忙去完全没有在意，家里除了床甚至没有可以坐的地方——我买了很多那种软垫，铺在地上，当作地板，平时也就坐在上面。

我想要什么样的生活?

我从来都想不出非常具体的——住在什么样的房子里，开什么样的车，要买什么品牌的东西。从来都想不到非常具体的样子。

而我能够想象到最完美的生活，无非就是，内心安顿，为之付出，不以为苦。

我一直相信自己有改变生活的能力，或者说，改变环境让它变成自己喜欢的样子的能力。

终于没有实现年少时的梦想，进入电台做一名主播，却一直坚持写字，并且走上这条路；婆家那张斑驳陆离的餐桌，只要擦干净铺上桌布就可以变成写字的方寸空间，自己也会很开心；哪怕是一间写满了时光印记的餐厅，我也可以安静地坐下来，假装它是一间书房。

深夜时，克莱德先生去餐厅“探望”我，我开心地指给他看：“我的书房是不是很棒？！”

整个春节假期，我们两个都在这间特别的书房里，我写字，他学习，到深夜时打着哈欠，再回到温暖的卧室里。

有天临睡前，他半梦半醒地说：“我们今年弄新房子的时候，好好装修一间你最喜欢的书房……”

我觉得最好的生活就是这样啊。

有能力的时候去实现你最好的想法，时机尚未成熟，就去改变你的环境、心态和眼光。

不要把过多的时间和精力拿去抱怨、委屈和痛苦，而是寻找自己喜欢的事，去奋斗、去坚持。

当你甘愿为之付出的时候，就是最好的生活，最幸福的状态。

倾你所能去改变生活，而不是任凭生活改变自己

静下来，我们会清晰地看到自己想要的生活，知道自己想要成为什么样的人，找到方向，披荆斩棘开拓出自己的路，走下去。

大雪突袭过的城市，除了银装素裹之外，还有泥泞的马路、拥堵的车流、冻僵的面孔以及不知什么时候变成黑白色的树。

我背着包和一群人过马路，穿校服的女生蹦蹦跳跳，被差点蹭到的骑电动车的女人怒斥，有上班族裹紧外套匆忙走过，有中年男子伸出胳膊给爱人搀扶，两个人肩膀挨在一起走过路口，我一转头时，看到某辆车里闪过的平淡面孔。

这就是生活。

有那么美的冰天雪地，有无声飘落的雪花，有兴奋欢乐的青春，也有匆忙苛责的成年人世界，有泥泞到不忍直视的马路……每个人都带着自己的心事，在同一片天空下，走在自己的人生里。

当你长大，你可能会对生活中遇到的某些事情产生一些情绪——反感、厌恶，甚至逃避。

当你发现并不是所有人都像你想的那么热情、单纯、直接、真诚，这其中，甚至包括你寄予厚望期待可以成为好朋友的那些人；你很努力去做一件事情，可是总会遇到困难、波折，甚至是被人为制造的难题挡住去路；你猛然回头，发现自己在不经意间错过了深爱的人，走进了一段不那么甘心却又很难抽离的感情，抑或，和你一起生活的那个人，渐行渐远，甚至变成了冷漠的路人甲……

我们怀抱着无限的热情成长，投入到崭新的人生里，以为要开始一段辉煌之旅，开始写满幸福的人生，可这一路上却陆陆续续甚至劈头盖脸地遭遇这样那样的事情，每当这时候，灰心丧气、反感沮丧，以及逃避厌恶都是在所难免。

在踏入一条河流之前，你真的无法判断河水有多深，是否会有危险，甚至当你遇到一些问题，能不能安全上岸，都是未知数。

家庭、工作、爱人、孩子、朋友、同事……我们认识那么多人，经历那么多事，林林总总，会聚成我们的生活。

而这其中，有很多不受我们控制的因素，在生活里骤然降临，以强硬的态度让你不得不面对，甚至不得不接受。家庭关系的动荡，工作环境的变化，行业的起伏与没落，朋友的亲疏远近，太多太多。有一天你突然发现，你的生活根本不只有早晨的太阳、黄昏的晚霞，不只有一日三餐以及温暖的笑脸，而你像是一个小人儿站在一股洪流之中时，你是否也有无力的感觉？

我有。

偶尔，我看微信的开机画面时，真的会有一种强烈的渺小而孤独的感觉。

我们每个人都是那么小小的一个，面对的却是庞然大物，工作、家庭、社会，更不要提人与人之间复杂的人际关系与感情。

大多数时候，还是会给自己打气。

在觉得无力把握生活的时候，在疲惫的时候，在明白许多事情不尽如人意的时候，在知道感情并非那么真诚热烈的时候……还是要短暂地休息，然后给自己打打气："我要在生活中变成更好的自己，而不是被生活变成我不想要的样子。"

学会去远离厌恶的人和事，永远不使用自己鄙视的方法达成目的，尽可能地做成事情但失败也不过多苛责自己，不让自己因为环境泥泞就放任自流，而是倾尽所能去改变小环境，给自己一个舒适的姿势，在生活的河流里安静前行。

你一定也可以。

哪怕是在焦头烂额的日子里，不歇斯底里，不满心怨气，而是坐下来，安静一会儿，给自己一点休息的时间，也是好的。

安静下来，你可以把事情看得更透彻，做事情更理性，你不会盲目而混乱，不会急功近利慌不择路。你会解决问题，而不仅仅是应对问题。

安静下来。

静也是一种力量。

有时候我们面对着诱惑、压力、痛苦、冲击，更需要静下来。

静下来，我们会清晰地看到自己想要的生活，知道自己想要成为什么样的人，找到方向，披荆斩棘开拓出自己的路，走下去。

愿你能够倾尽所能去改变生活。

而不是，被生活改变成自己不喜欢的样子。

把生活过得易如反掌才是真本事

能够把生活过得易如反掌的人，像是具备一种超能力，这也意味着他对自己的生活有很强的掌控力，能够过滤痛苦，解决难题，张弛有度，游刃有余。

看到我年过三十却依然兴冲冲地对很多事情抱有异想天开的念头时，克莱德先生终于忍不住出手提醒我："你不要总是以为生活很容易！"

我总是忍不住哈哈大笑起来。

嗨，这根本就是老生常谈好吗，谁说过生活容易？

"人生艰难，生活不易"，几乎所有成年人试图灌输给我们的概念，你一定也跟我一样，从小到大听说过无数次吧？甚至，你可能也在不知不觉中跟比自己年轻的人或者跟自己的孩子，这样说起吧？

在我们最无忧无虑的时候，大人们总是会叹口气说："长大了你就知道了，生活多么不容易，不是你嘻嘻哈哈就能应付的！"等我们进入社会，前辈们会满腹忧虑地提醒"等你经历了就会知道，现实很残酷，世界比你想象的要复杂得多"；噢，更不要提那些随处可见的愁容满面的妇人，她们几乎会向每一个认识的人哀叹自己的日子多么艰难、丈夫多么平庸而孩子又是多么不听话，“能熬一天是一天”是她们常用的结束语；当然也有唉声叹气的男人们，他们说“今年钱不好赚啊”，每年都在感慨同样一句话，十年如一日仿佛日子从未好转过……就好像，说自己日子很难、过得特别勉强能得到表彰似的，那么多人争先恐后，就想让你知道他多不容易，甚至很凄惨。

生活真的特别难吗？

对我们大部分普通人而言，生活在平静之中暗藏的难题，不外乎经济上的捉襟见肘、感情的错综复杂、家庭成员关系的盘根错节，还有偶尔会遇到的意外挫折和打击，但谁的人生不是如此呢？

“摁下葫芦起来瓢”，这句民间俗语大致可以形容我们普罗大众的生活日常了，总是有些事情需要我们去操心、去奔忙、去劳碌。

讲真，把生活过得不容易好像是司空见惯的，因为每个人都会遇到难题，每个家庭都有自己不能说的隐痛，唠叨、抱怨甚至放弃在生活中享受短暂的小开心，这并不是一件值得炫耀的事。

真正有本事的，是那些把生活过得易如反掌的人，不是吗？

儿时，有一位邻家婶婶，还真是跟周围那些动辄叫苦连天的人不一样。

她的家庭条件也不算好，夫妻两个人辛苦劳作但也赚不到多少钱，有个年纪跟我相仿的儿子。之前大概因为各种事情欠了些外债，总之日子过得很紧巴，勉强度日而已。

但是她从来不像街上那些动辄抱怨公婆埋怨丈夫逮着谁都大倒苦

水的妇人一样，相反，无论何时见到她，总能看到她脸上那一抹和煦平静的微笑。她很能干，家务农活样样拿手，农闲时还四处打零工补贴家用；住在老房子里，家里黑洞洞的，没有几样像样的家具，但她收拾得干净整洁，是个温馨的三口小家；她的手很巧，会做各种复杂漂亮的面食，逢年过节她就做成各种小动物，惟妙惟肖，过年时做小刺猬，清明时捏小燕子，一大早就笑呵呵地给我们送来几个……

甚至，在她罹患癌症的那几年里，她也未让自己陷入绝望郁郁之中，一边积极配合治疗，一边仍旧把小家庭的生活打理好。未来可能很渺茫，可是生活总是要继续，她脸上的微笑从未消失过，这真的是一个非常有力量的女人啊。

你在她的身旁，感受不到岁月的苦难、生活的凄惨，以及那些不顺的经历积累下来的种种负能量。相反，她用自己对生活的理解和热爱，透过努力和隐忍来对抗那些“不容易”，让生活在她面前变得风轻云淡，变得没有那么面目狰狞。

正是她这样的人教会我，生活中总是会遇到难题，但是只要你敢去面对，就没有什么可怕。

看电影《实习生》中，70岁的老实习生谈起自己曾经相伴四十年的妻子时，满是思念和崇拜的口吻，他说：“从我20岁遇见她，她就从未变过，生活对于她好像总是特别容易。”他的笑容里是骄傲，更是赞美。

的确，能够把生活过得易如反掌的人，像是具备一种超能力，这也意味着他对自己的生活有很强的掌控力，能够过滤痛苦，解决难题，张弛有度，游刃有余，这样的人不但能够自己过得摇曳生姿，也会给周围的人带来如沐春风的快乐，他们有本事把平淡或艰难的日子过得有滋有味充满小确幸。

谁的人生是真正容易的呢？

每个人都会遇到不尽如人意的人或事，有的人把那些不如意变成了生活中的珠穆朗玛峰，捶胸顿足，慨叹命运不公，日渐消沉在以艰难营造的痛苦中；而有些人，能想到办法就解决，想不到办法就接受，绕路而行，他们不把这些归结为命运不公，他们只相信生活还会继续。

生活并没有什么真正可怕的地方，量力而行，尽力而为，剩下的尽情快乐就好。

刚独立生活的那两年，我们过得十分窘困，新房子要装修，但我们手里所有的钱加起来不到三万块，面对着空荡荡的毛坯房，怎么办？

于是，每个周末都去家居商场转悠，留心每一个打折的品牌，看到有“样品特价”就一头扎进去，挑选适合我们的东西，小心谨慎地算计着每一笔支出。

用几个月时间把房子弄成喜欢的样子，每一个来过的朋友都说还不错啊，简洁大方、温馨怡人，但鲜少有人能猜到，几乎所有的家具都是样品打折买回来的。甚至，在只有几十块钱却要应付一周的日子里，我也没觉得生活多么不容易，相反，我们俩很兴奋，觉得自己花最少的钱装修了一个喜欢的家，特别幸福。

以洒狗血的方式来消极应对生活，看上去好像更容易一点，譬如日子过得稍微艰难一点，就再也懒得收拾家里，任它乱成一团像个狗窝；譬如跟家人稍微有点冲突，就抱怨这埋怨那甚至破罐子破摔不去沟通交流任由关系成为一团乱麻……觉得生活很难，日子难熬，又或者觉得自己人生特别辛酸的人，大都是过于夸大了困难，而渐渐斩断了自己解决问题的能量。

没有一种生活是真正“易如反掌”的，能够把生活过得轻松、容易的人，往往是因为他们有很强大的正能量，他们能够把生活中许多事情化繁为简，能够在朴素里寻找温暖，能够把艰难变得容易，能够给问题找到答案，甚至能够把难题变成机会。

生活大概也欺软怕硬吧，它从来不会放过任何一个内心软弱、没有主见、喜欢推卸责任的人，它会给他们增加更多的麻烦，制造更多的困难；它却真的害怕那些不把它当回事的人，因为他们总是有办法将它制造的难题解决掉，哪怕再艰难的日子也能嘴角微微上扬，因为他们不怕它，他们相信自己终将拥有幸福。

越是艰难，越应该把生活过得妙趣横生

越是艰难的日子里，越要让自己过得更丰富多彩、妙趣横生，走过这一程，你会发现“原来没什么大不了的啊”。

有一部美剧叫《闺蜜离婚指南》，很有趣。

女主角艾比年轻时以撰写指导女性生活的系列书籍而成名，以闺蜜的身份教别人如何恋爱结婚养娃亲子……讽刺的是，现实中，她的生活在这一本本书出版的过程中，却变得面目全非，四分五裂。

这个中年女人的生活，此时如同被白蚁啃噬过的家具，千疮百孔，几近轰然倒塌——她精神出轨爱上了已婚男，这导致她与丈夫分居，而后者迅速跟一个年轻貌美的女演员打得火热；14 岁的女儿对她颇多不满，说几句话就可能战火四起，不听管教已经是家常便饭，母女俩形同仇人；幼小的儿子需要她付出更多的耐心来对待，他有个假想的小伙伴，做了错事就推给“他”……这一切原本被遮遮掩掩，直到她喝多了酒神志不清地在新书发布会上口吐真言“我有时候恨不得我老公去死”，众人哗然，她经营多年的公众形象毁于一旦。

这一次，不但婚姻行将解体，连全家赖以生存的她的写作事业也

危在旦夕。

她的人生到了最难堪也最难熬的境地。在家里，要面对丈夫的冷漠和女儿的针锋相对，出门则随时可能被路人甲乙丙指指点点："瞧，就是她，指导别人如何生活，自己却被生活涮了！"

按常人思维，到了如此尴尬而失败的境地，无论出现在哪里，都会自带弹幕，大写着"我真失败"几个大字；大多数时候，可能就躲在家里哭天抢地，也可能是找到闺蜜或者亲妈，大吐苦水："我怎么这么倒霉啊""上天为什么这么对我，凭什么啊"……

但艾比没有。

既然在生活圈子里总是被指指点点，那么就暂时离开好了，她和闺蜜去了拉斯维加斯散心，穿着漂亮的裙子，赌点小钱，喝点小酒。在酒店大堂，她碰到一个相熟的记者，对方问她："你过得怎么样？"

艾比用自嘲的口吻笑着说："自从崩溃之后，我的生活正妙趣横生呢！"

嗨，真有意思，是不是?

但她说得没错。

她跟闺蜜们倾诉烦恼，但不是一把鼻涕一把泪，而是喝酒聊天耍赖调笑；她一如既往地关心儿女，绞尽脑汁地跟青春期的女儿搞好关系，而不是以自己的生活陷入危机为借口就放下儿女的教育；她尝试着跟丈夫更平静地沟通，尽管是以离婚为目的在谈财产分割，但他们身为孩子父母的身份永远不会变，更不要提他们曾经相爱十几年，所以体面的分手无论对他们还是对孩子都是正确选择；她尝试着约会，遇到了一个比她小二十多岁却对她情有独钟的小帅哥……

她的生活不完美，甚至时常出现抓狂、失控的场景，但真的，妙趣横生，一点都不枯燥，更不是陷入泥坑后的灰头土脸。

没有一帆风顺的人生。

每个人的生命中，总会遇到挫折、痛苦和磨难，无论是腰缠万贯的富二代，还是一无所有的奋斗者，更不要提那些皱纹里写满了故事的白发老人，只是表现形式不尽相同罢了。

有的人可能经历过晦涩缺爱的童年，有的人在青春年少时曾遭遇难以言明的痛苦，还有的人是在事业上遭到挫败，有些人则是在爱情的天空里被折断了翅膀……是的，总有这样的时候，好似有一股无法预知的力量，给我们原本平静的生活以迎头痛击，打得我们手足无措，毫无招架之力，甚至失去了生活的力量和勇气。

怎么办?

痛苦辗转，难以入眠，泪水是流不尽的，因为你总是想不通为什么自己会这么倒霉，为什么会遇到这些事情。男人们会借酒浇愁，一个人喝闷酒，或者和朋友们喝得酩酊大醉……但是第二天醒来，难题依然在，一切都没有改变。

痛苦依然在你的上空盘旋，像是秃鹫盯住了目标，打算在你懈怠、放弃的时候，随时扑下来，享受大餐。

当遭遇挫折，遇到打击，甚至濒临崩溃的时候，是否可以试着趁机放松一下自己，让生活更妙趣横生一点呢?

你要知道，痛苦像是一种麻醉剂，若是你沉溺其中，会很难脱身，尤其是非常强烈的痛苦和郁闷，会一点点吞噬你，你的快乐，你的希望，你的幸福，它会在你尚未警觉的时候，把这些全都吞噬掉，只剩下无尽的委屈、难过和抑郁。

所以才会有那么多事业失意后郁郁寡欢的男人、婚姻失败后一蹶不振的女人，以及因为偶尔成绩不够好就放弃的孩子。他们看到了痛苦狰狞的模样，臣服于它的脚下，默认了“只能这样了，我的生活不会再有起色了”的选项，生活果然就这样了。

许多年前流行过的日剧《悠长假期》就曾给我们阐述过这个观点：当你的生活遇到了痛苦、磨难或者难以释怀的伤痛，那么，尝试着给自己放个假吧，去做点别的。

就如同艾比的做法。即便是在低潮期，她也未放弃过有趣的生活，她选择了一种更为积极的方式来面对痛苦。

一个人的精神强大，才能够把世人认为的低潮期、痛苦期，过得妙趣横生，才能真正地韬光养晦，休养生息，厚积薄发。

若说艾比活在剧集里，说服力不足，那么，另外一个活在人们视线里的女人许，大概有一定的说服力吧?

同样是遭遇背叛，同样是婚姻被插足，她在离婚之后并不是哭哭啼啼沉湎于痛苦，或者是动辄到处倾吐苦水诉说委屈，而是选择了一个人远行，她去看更广大的世界，是疗伤之旅，也是成长之旅。

她让痛苦在强大的内心力量面前相形见绌。

再想想李安。他那么长久的“失业期”，靠妻子的薪水来养家，若是没有把平淡到失意的生活过得妙趣横生的能力，有谁能够支撑到多年之后才大放异彩?

他在这些别人看来失意的日子里，从未放弃过努力，从未向失意低头，用平和的态度来面对困难和挫折，专注于日常生活，一点点精进着自己。

若换一个人，这一定是一个非常狗血的故事——男人事业失败，靠妻子养活，夫妻缺乏共同语言，丈夫不思进取，继而拉开离婚大战……这种故事在生活中太常见，所以，李安只有一个。

在艰难的时候，把日子过得有趣一点，不过是暂时放下痛苦，暂时放下委屈，暂时让自己脱离开那些难以释怀的情绪。

可以去旅行，去外面的世界看一看，将自己浸淫在这个广袤世界光怪陆离的风景里，你会发现自己那么渺小，而那些痛苦与挫折终将远去，只要你肯努力，总有机会重新来过；也可以专注于日常生活，跟朋友吃一餐饭，看一场电影，聊开心的话题；或者用一下午时间喝茶、读书、听音乐、打扫卫生，专注于简单的体力劳动，而不是伏在沙发上翻来覆去痛哭流涕……也可以去尝试从未做过的事情啊，那些你一直不敢尝试的课程，舞蹈、瑜伽、跑步，或者是英语课，趁现在，学一点东西，是不是比控诉命运不公更有用?

在平常把日子过得有趣一点，似乎不是那么难，不过是多一点精巧的用心，那是锦上添花的事情。而在艰难的日子里，精心打理生活，安排各种可能看起来“有悖于现在的状况”的事情，让生活变得充实、有趣，才是难题，但也是真正有用的，是为自己雪中送炭。

它会让你更快走出痛苦的泥沼，让你转移注意力，不再哭天抢地地沉溺在“我好失败好难过好痛苦我该怎么办”的情绪中，而是慢慢进入“噢，原来我可以尝试着让自己开心一点会更好啊”。

越是艰难的日子里，越要让自己过得更丰富多彩、妙趣横生，走过这一程，你会发现“原来没什么大不了的啊”。原来，你比想象中更坚强、更有趣，你值得拥有更美好、更幸福的人生啊。

请让幸福慢慢来

慢慢长大，慢慢变好，慢慢有自己的个性，慢慢拥抱自己的人生。

小时候，总是觉得时间过得太慢。

每天上学、放学、吃饭、睡觉、考试，在心底偷偷想着：到底什么时候才能长大？

那时候，真的是特别盼望着过年啊，过年就意味着自己又长大一岁，离想象中的自由、独立更近了一点。

那时候的我们，还不知道享受童年，享受纯真，享受无忧无虑的好时光。

长大了，突然就觉得时间快得像是手中的沙，哪怕握得再紧，还是眼睁睁地看着它流下去，怎么都挡不住，滔滔而来，漫漫而去，把我们一点点变成了心中渐渐有了沧桑的自己。

年前的某天，道路特别拥堵，很长的车龙在灰白的天空下蜿蜒着，我站在街口等红绿灯，抬头看到大屏幕上花红柳绿地营造着过年的氛围，心中慨叹：果然是真的要过年了，过年又要长一岁啊。

再也回不去小时候的心情了。

不会在日记本上写下新一年的愿望，不会偷偷地抱着一个念头打算来年一定要怎样怎样，不会把明天想象得过于五彩斑斓，不会冲动地希望明天马上到来……而是，淡淡地想着：噢，就让一切，慢慢来吧。

让时间慢慢来。

我们不再急于长大、变老或者成为某种样子，因为我们已经知道，时间不会因为我们的心情而变化啊，它不疾不徐。

一直在变化的是我们的心情，是我们自己，而我们要给自己一点留白，好好想想要成为什么样子，要在时光的淬炼中，成为什么样的自己呢？

让幸福慢慢来。

我们都在追求幸福的生活，理想的状态，可小时候梦想着第二天醒来就变成超人的不切实际早已经被我们摒弃。我们开始学会从小事情做起，多做一点，就能朝着自己想要的幸福近一步，不急功近利，不蝇营狗苟，幸福总会来敲门，生活会善待每一个认真付出的人。

让梦想慢慢来。

年轻时候的焦虑、彷徨、无助甚至无奈，在岁月的荡涤中渐渐不见踪影，从前我们总是渴望成功又害怕失败，我们恨不得一夜之间就梦想实现春暖花开。成年之后才发现，每一个传奇都是由努力和汗水写就的，我们也是啊，让梦想慢慢开花吧，只要你不放弃，只要你肯努力，你会一点点打造出它的样子，你会一点点实现自己的梦想。

从前读龙应台的《孩子，你慢慢来》，特别感动，心里悄悄地决定：以后在陪伴孩子的日子里，一定要允许孩子慢慢来，慢慢长大，慢慢变好，慢慢有自己的个性，慢慢拥抱自己的人生。而在这个过程中，我们能做的就是引导、等待和接受。

想一想，我们对自己，对周围人，对一切，都该说一句："没关系啊，慢慢来。"

让我们更从容地面对时间，面对梦想，面对幸福，面对自己。

只要从未放弃过努力，只要从未放弃过成为更好的自己，只要从未放弃过对梦想和幸福的追求，哪有什么好着急呢?

安静下来，用一颗沉静的心，慢慢来，好好做，每一天都会有新的更美好的模样，在你手中绽放。

一切，就从现在开始吧。

然后春暖花开。

拼搏比放弃更容易

就把那些痛苦和艰难，当成是人生成长的必然经验，去战胜它、克服它，像战士一样冲上去，心无旁骛。

有个大学女生向我倾诉烦恼——她在学校寝室用吹风机，被宿管员逮住，因为违反了学校规定，面临着一系列的后果：学校的处分，可能会丧失保研的资格等。她第一时间找宿管员和老师认错，但仍然忐忑不安不知会如何。

当时我想得很简单，以为学校最多给个警告之类就差不多吧。谁知，隔日再收到她的消息——她受到了学校的处分，记了过，保研名额和奖学金全都泡汤了。她非常沮丧地说："三年努力都化为乌有，万念俱灰……"

我也很难过，想到这对一个女孩子的未来影响如此巨大，也是特别感慨的。

我回复她："你以后还会遇到各种各样的困难、痛苦，这算是个教训吧。不能保研，你如果真想读研究生，可以考取，再努力就是了。我知道看起来我是说得很容易，但是难道我们因为一些事情不如意，就要自暴自弃吗？人生就要停留在这里吗？难道不能知耻而后勇吗？”

还有一层我没说：“如果要找工作，用人单位看的是你的能力而不是你漂亮与否的简历，所以，此时的灰心丧气，也可以变成下一秒的云开雾散，何不试试看呢？”

她说，我会加油的。

我相信她。

我们总会遇到特别艰难的时候。工作、家庭、爱情，都会有。

特别难的时候，总觉得自己爬不过这座山了，觉得自己到不了成功、幸福的彼岸了，于是心中生出“不如算了”这样的念头。

我们总以为放弃很容易，如果有勇气自暴自弃的话，那简直是再简单不过的事情吧——对自己不再有任何期待，不再去做任何努力，别人的评价也当成耳旁风，也不管以后会怎样，只要麻木地面对眼前的难关然后默默地退下就好，对吗？

但事实并非如此。你要知道，放弃乃至自暴自弃并不是一件容易的事。甚至，奋力一搏比它来得更容易一些。

我有位遭遇情感背叛的女朋友曾每天半夜痛哭流涕，觉得自己无法撑到第二天。她白天去上班，到了晚上就无法自控，想死的心都有。

很多次她都想：“不然算了吧，我就这样吧，不要离婚了吧，反正活着不就是一日三餐吗，有没有爱、是不是忠诚，有什么关系呢？”

可是，她出差去了一趟厦门之后，突然改变了主意。回来之后很短的时间内，谈好了离婚协议，搬进了单身公寓，开始了自己新的人生——工作更加拼命，做事更加勤勉，社交生活更加丰富多彩，她学烘焙学插花看话剧练瑜伽，从一个死气沉沉情绪郁郁的小妇人，变成了一个充满活力的新知女性。

她再谈起那段失败的婚姻，早已不是歇斯底里满腹怨言，而是说，那是摔了一个跟头而已，但并没有毁掉自己——这跟她之前痛斥前夫“毁了我一辈子”截然不同。

她说，在厦门，工作的间歇她去了鼓浪屿。赤脚走在海滩上，她突然意识到自己很久没有这么自由地呼吸，没有这么全身心地感受自己了，也很久没有这么开心放松了。她以前把自己隐匿在了婚姻里，所以一旦婚姻坍塌就无法存活。那天她想：“也许我可以试试看，我自己能不能活下去，能不能活得开心呢？”

所以她放手一搏，给了自己重新活得精彩的机会。

并不是所有人都会从积极的角度去考虑问题。

遇到困难时，我们总习惯性地第一时间畏惧，接下来是抱怨，再接下来各种情绪交织，想要尝试的勇气，想要放弃的畏缩，都是再自然不过。

实际上，那些奋力一搏的人，才是选择了一条更容易走的路。拼搏与奋斗，未必就能成功，但是心情却会变得无比明确、唯一，那就是：努力。

只要去努力就好，想办法就好，试图解决问题就好。至于结果如何，不是自己能够控制的，成功当然皆大欢喜，失败也无怨无悔，所以无论成败，都是赢家。

自暴自弃却更复杂，甚至更难。伴随着自暴自弃的，是对自我的放逐，对追求美好的念头的打压。一旦选择了自暴自弃，那就只能是随波逐流，而那些随时冒出来的“如果我不是现在这样的话我可能会更好”的想法，早晚会让人抓狂。

更重要的是，内心可能每时每刻都会陡生波澜，会痛恨自己不争气，会怨恨命运不公，把自己推入这样的境地，会抱怨自己，抱怨别人，哪怕一点小事儿都会成为他们认为沦落至此的导火索，渐渐成了祥林嫂，多可怕!

有些事情没有必要坚持当然可以放弃。但如果因为遇到艰难险阻就自暴自弃，甚至觉得万念俱灰，也实在是太单纯、太天真。

这一生中，还会遇到好多困难、艰险、烦恼、痛苦，你的每一次放弃，都是在失去变得更好的机会。你当然不想这样对不对?

所以，就把那些痛苦和艰难，当成是人生成长的必然经验，去战胜它、克服它，像战士一样冲上去，心无旁骛，这真的简单多了。

人生何处不妥协

你要认真想一想那个引起你对抗的深层次的原因是什么，你要了解自己的需求，而不是不情愿地妥协。

十六七岁的姑娘跟我倾诉她的烦恼，有点“为赋新词强说愁”，她上高二，学习紧张，高考的压力大；偏偏还是个长得挺漂亮的女生，时常遭到表白……虽然她没有很直接地说，但我可以看到她透露出的情绪，她也很喜欢某个男生，但她又不能谈恋爱，好苦恼啊。这简直是太两难的一件事。

她问我：“木头姐，像你这样过上自己想要的生活的人，会有烦恼吗？”

我忍不住笑了：“当然会有啊！”

人生从来都是啊，解决了大方向，还有小问题，搞定了第一个，还会有第二个，总会有各种各样的小烦恼和小幸福填满你的日常。

而当出现问题的时候，不能无视，要么解决，要么绕过去，在这个过程中，还有更多，可能是妥协。

哪有什么真正快意的生活呢？所谓快意恩仇，只在武侠小说里存在，而那些报仇雪恨的故事也大都会被各种情感关系和狗血故事纠缠着，并不能真的一刀斩断，所以这世界才有那么丰富的爱与恨，以及介于它们之间的情感色彩。

有次玩塔罗牌，我抽到的一张牌就是“妥协”。

这是一个我完全没有想到的词。但拿到手里，又觉得真是最合适的，这个词不要说是当下，简直是贯穿这些年生活中的每一个阶段，哪怕有些是别人察觉不到的，而我心里清楚得很。我们每个人又何尝不是时时处处在妥协着呢？与生活，与爱人，与自己，与一切。

谈恋爱时有个阶段，我曾经非常痛苦，因为我和克莱德先生个性、想法差别极大，简直是泾渭分明。于是常有争吵，很痛苦也很挣扎。

到最后能够慢慢解决问题，一是两个人之间了解更多，彼此有了一些妥协；二则是沟通，跟对方沟通，跟自己沟通，这个过程让我们可以慢慢放下最初那个强烈的自我，尝试着真正接受对方。

在后来的人生中，也总会遇到类似的情况。

工作也有不顺心的时候，人际交往也有不愉快的瞬间，跟家人爱人之间也有觉得如鲠在喉的情形，可是又不能真的一走了之，又不能把一切都甩出去从此就不管不顾，那就是所谓的真性情吗？

当然不是。

因为珍惜，所以才会做一点妥协。

塔罗牌老师说：“你要认真想一想那个引起你对抗的深层次的原因是什么，你要了解自己的需求，而不是不情愿地妥协。”

我点点头。

这两年真有趣，当我越来越知道自己想要什么的时候，我做出的妥协就会越多。

譬如我想做成一件事情，我就不会去计较当下的碰撞与对抗，我会咬着牙解决这个困难——重要的是，我相信它一定会被解决。唯有尽力而已。

譬如我想写一点东西，哪怕现在写不出来，我也不再急躁，去生活，去自由，去开心，等到能写出来的时候，自然就写出来了。

是妥协吗？也许是吧。

但这更多是在跟自己讲和，让自己不那么紧绷焦虑，不那么咄咄逼人，不那么一副要对抗世界的样子，更加柔软地面对世界面对别人面对自己。

这样，好像更舒服一点，无论对谁。

妥协，不是容忍不好，而是要更多去了解自己，你所表现出来的样子，是不是你内心真正的需求，你所要去争取去抗争去搏斗的那些，又是否真的是你的希望？

真有趣，有一天我开始觉得，什么事都不是大事，只要我内心平静、自在，就是最大的事。

我想，这样真好。

学会爱自己，是永远不会错的事

也许我们这一生，会做很多错事，做出很多错误的选择，也或者，爱错了人，走错了路。但永远不会错的是，学会爱自己。

写文章需要找配图，我在电脑相册里翻从前的照片，一下子穿越到了从前。

好多照片啊，有喝茶时拍下的小场景，有豆豆吃着蛋糕开心的模样，有我在旅途中的剪影，也有我爱的那些花花草草留下来的永远的美好……看着以前的自己过得这么开心，我觉得好安慰——我一直这么努力地幸福，这么认真地热爱自己、善待自己啊。

当你回顾来时路，看到的不仅是那些努力和艰难，还能看到自己的幸福、锲而不舍的追求与热爱，感觉实在好极了。

厌恶自己的感觉，许多人都有过吧？

青春期最盛，至少我是如此。大学之前，学习压力很大，加上中考不顺，那些年总有一团淡淡的阴影笼罩在我的天空上。

那时的自我厌恶特别清晰，时常在心底拷问：你怎么这么笨啊，你怎么考不出好成绩啊，你怎么总是让父母失望啊……父母师长的期望是诱因，但是对自己的认知不够、不够爱惜自己，才是主因。

十五六岁是最狂妄但也最容易否定自己的年纪，很多认知和判断都是靠外界来做出的，我们甚至不懂应该爱自己多一点，告诉自己只要不放弃就可以变得更好，告诉自己现在没有达到那些目标也没关系……我们简单地以为必须要成为“别人眼中最好的自己”才是成功，却忽略了内心那个脆弱敏感的自己有时候也需要安慰和疗愈。

后来，我成了学校里众人皆知的叛逆分子，我对自己不认可的管教根本就是置之不理，真是令老师们头疼了一阵子啊；而我的一位同学却在高二那年自杀离世。

尽管大部分人都没有像我和他一样走极端，但是从他们眼里的焦虑、烦恼、苦恼我可以看得出，每个人都经历过那样的煎熬。

那些怀疑自己、否定自己以及厌恶自己的煎熬。

喜欢一个人也很容易自我厌恶，尤其是当对方没有那么喜欢你的时候。

我曾喜欢过一个男孩，然后呢?

我认为没有得到他足够的关注和回应，他不喜欢我，或者没有那么喜欢我。于是，这喜欢成了委屈的暗恋，而暗恋是最痛苦揪心也最容易让人自我厌恶的：一定是我不够好，所以他才不喜欢我!

自暴自弃的想法当然会一闪而过。放弃喜欢一个人非常难，但放任自己看上去很容易。庆幸的是，当时学业太重而我又好胜心很强，所以大部分精力都用在了学习上，否则就会沉沦在这段不适宜的感情里了，变得越发自我厌恶。

有个年轻的姑娘暗恋一个男孩，但没有得到对方的回应，失望之余开始放任自己，出入夜店，交往不同的男生，变得贪玩而轻浮，直到有一天发来很多条消息问我："我越来越痛苦，越来越讨厌自己，我该怎么办？"

我想，大概就是要先学会爱自己吧。

他不爱你没关系啊，你还爱自己啊。如果你都不爱自己了，谁还会爱你呢?

每个人都会经历一些艰难，考学失败、工作受挫、感情波折、遭人背叛，这样的事情发生时，一切都好像要灰飞烟灭，因为一切都没有了意义。

"我失败了"，所以，幸福与我无关了，快乐从此也不会再出现了，一切都没有存在的必要了，我以后就是最失败的人了。——抱着这样念头活着的人，不在少数，他们成了落魄的酒鬼、失意的路人，又或者面色暗沉的妇人。

他们让自己过得特别不如意，反正事出有因，都是因为那次的失败——也或者那几次的失败，把他们打击得体无完肤，让他们失意消沉，这看起来是合情合理的，毕竟受过苦，受过累，所以我才是现在的样子。

他们不想重新站起来，也不相信可以做点什么让自己再次获得快乐或者幸福，他们不知道这个世界上有一种力量叫作“爱自己”，也不相信自己有爱自己的能力。

我也有过很痛苦的时光。看上去的一帆风顺，只是看上去而已。那时候，我以为从此以后自己也会成为一个面色暗沉的女人，像我认识的许多人那样，郁郁寡欢，因为沉淀在心里的那些痛苦的因子，我是有理由不开心的，我也有理由放任自己的这种不幸福的状态，谁都不能指责我，毕竟，我经历过的痛苦只有自己知道，不是吗？！

但谢天谢地，那样的时刻，也倏忽而过。

我无法向痛苦俯首称臣，更不要提放弃自己，任由那些痛苦和悲伤把我变成一个蓬头垢面卖弄痛苦的人。所以，我决定要做点什么，我要通过做这些事情，让自己重新充满勇气，获得幸福的勇气。

我写字、烘焙、旅行，做许许多多我喜欢的事情，并且在那些事情带来的快乐中不断地告诉自己：“你足够爱自己了，世界才会爱你。”

我重新充满了自信，不再是年少轻狂的那一种，而是源于内心真实的力量，我相信即便被一些人否定，遭遇一些事情，我也仍然有幸福的能力；我重新审视自己，我哪里一无是处了？我明明能写出抚慰人心的文字，至少，有许多个日夜，我是用文字在给自己疗愈的；我有能力变成自己喜欢的样子，不必世故，不必刻意讨好谁，不必虚情假意。噢，那些我厌恶的事情我都可以敬而远之。

变成我喜欢的那个自己——这是目前为止，我认为自己获得的最大的成功。

……

也许我们这一生，会做很多错事，做出很多错误的选择，也或者，爱错了人，走错了路。

但永远不会错的是，学会爱自己。

爱护自己的身体，爱惜自己的羽毛，守护自己的内心。你足够爱自己了，才不会轻易被痛苦击垮，不会随便否定自己，会相信自己有能力获得幸福，你会想尽办法让自己开心起来，而你也会在看到曙光之后相信自己会变得更好。

什么是更好的自己?

就是永远不放弃自己，永远相信自己有变得更好的能力，永远都爱着自己，如此更深情地拥抱这世界，蹚过痛苦，捕捉幸福。

Be yourself,

but be your

best self.

我一定要过自己想要的生活，尽自己所有的努力追求自己最想要实现的梦想，做最想要做的事情，哪怕是一时力有不逮，也没关系，我相信来日方长，我相信岁月不会亏待努力的人。

我一定要活成我想要的样子

PART 3

生活得体面一点，是对自己的尊重

有坚强的内心，有强大的气场，有自己的生活节奏，说该说的话，做该做的事，这就是体面。

我写了一篇文章《有审美，比有钱更重要》，有段时间在网上流传甚广。

微博里的评论，跳出来几个很扎眼的，我觉得挺有意思——

有人说：别发没用的鸡汤，没钱，全是地摊货能有个屁审美？

有人说：饭都吃不起还舒心整洁？心灵鸡汤能喝饱？

还有人说：钱都没有拿什么去审美？

前面的那两位显示用的都是苹果6S，最后这个用的是三星Note3，看关键词“地摊货”“吃不上饭”“没有钱”，想来要么是忧国忧民的年轻人，要么就是先天下之忧而忧的中年愤青。总之，用着几千块的手机刷微博却替吃不上饭的人操心也算是一种另类的“心怀天下”。

我猜，他们也不是真的吃不上饭，抑或用的全都是地摊货（地摊货也有不少好东西啊），但我们之间最大的区别，可能是我想要一份体面的生活，而他们总觉得自己只是在狼狈地活着。

因为没有豪宅，没有名车，没有生在大富大贵之家，没有一夜暴富……这些，成了许多人的“心病”，也因此他们说话总是不那么体面，喜欢把自己的身段放到无限低，比他们差的人他们会冷嘲热讽，比他们好一点的，他们又阴阳怪气。

无论是否实现了财务自由，无论是否积累了足够多的财富，无论我做的是一份什么样的工作——只要自食其力就好，我的终极目标都是：体面地生活，而不是狼狈地活着。

“体面”这个词，现在越来越少用了，在我的理解里，它包含着自尊、自重、自爱，是我们在世俗社会立足的根本之一。

你周围值得尊重的朋友、敬重的师长，抑或很崇拜的偶像，他们大多数有一个共同点：活得很体面。

不是卖弄面子，大讲排场，而是有坚强的内心，有强大的气场，有自己的生活节奏，说该说的话，做该做的事，这就是体面。

我很不喜欢吃顿饭能讲出无数个“大人物”名字的那些人。早年有个朋友入职去了不错的单位，没多久学了一身“武艺”回来，朋友小聚也渐渐被他搞得乌烟瘴气，是我最深恶痛绝的，就断了往来。

但我也对总是活得很狼狈的人敬而远之。他们也不是真的贫穷，也不是真的遭遇挫折——这样的人反而简单，提供力所能及的帮助，等他们的生活逐渐平静下来，又可以从头来过。

可怕的是永远在躁动却永远一事无成的人。

认识十多年的人，年轻时就总是慌慌张张，无论是升学恋爱还是结婚生子，没有一件顺心事，总是这里出了岔子那里出了问题，听他说话不是在求这个人办事就是在找那个人帮忙，今天缺钱，明天找关系，每次听到他的消息都像是苟延残喘的最后一天。

这样的人，谈什么体面呢？当然没有。

我曾奇怪，为什么他总是过得这么艰难，同龄人也都在人生的爬坡期，工作也要慢慢上进，生活也要一点点稳下来。但无论怎样，总是会有一点点收获，有一点点稳定吧？他家庭出身到求职工作都是中等偏上，但是每一次，他都想要去攀附更高的平台更好的资源，旧的守不住新的求不来，求而不得就郁郁寡欢，总是在求人，脸上也就写满了愁云密布和低声下气，人到中年脸上写的全是“我很惨”，谈什么体面？

找一份谋生的活儿，从事能自食其力的工作，在这个人力成本越来越高的时代，养家糊口真的不是天大的难题。唯一的难题是，既不能安心地坚守下去，又不能决绝地重新开始，最后就只剩下哀号、慨叹、郁闷、伤感。

体面的生活，是自尊、自爱、自强、自重，不做那些令自己汗颜的事情，不学习玩弄你瞧不上的阴谋诡计，不攀附，不迎合，不出卖内心去获取资源。

尽量做自己喜欢也能做好的事情，把自己生活的环境整理得洁净舒适，用负担得起的好一点的东西，交往能谈得来的朋友，和爱人亲朋之间也是明亮温暖，体面互动，说符合身份的话……这很难吗？

把自己活得那么狼狈，真的不至于。

想起在最贫穷的时候需要靠一百块过完一周，我仍然觉得自己可以从容体面地生活——少买一点肉，少吃一点水果，把不必要的需求稍微往后拖一拖就好了。只要能在餐桌上摆出精心制作的小菜，只要能够在晚饭后牵着手散散步聊聊天，就觉得日子是幸福的，是不匆忙的，是不狼狈的，这何尝不是一种简单的体面呢？

经济条件稍微好一点点，就买一点自己喜欢的东西，讲讲情调，谈谈爱好，不必急吼吼朝思暮想恨不得马上就实现财务自由想买什么就买什么，只要买适宜的喜欢的东西，不是一样开心吗？

这是我的生活理念，我还挺乐在其中的。

我尊重自己，尊重生活，也得到了它的厚待，满心欢喜。

功利心太强的人可以谈生意，但别谈友谊

我愿意浪费一些时间、精力和金钱在没有目的的事情上。人与人之间的感情，亦是如此，不必那么功利。

好朋友因为读书被领导批评了。

那之前，她让我推荐几本书给她，她下单后在朋友圈里小小地炫耀了一下，然后，就嘤嘤嘤地来找我了："被领导看到了照片，批评我看闲书，应该把时间和精力都放在专业书上……"我觉得好笑又可悲。

我还以为，无论什么时候，爱读书都是一种值得珍惜的好习惯。

我们每个人的阅历与见识十分有限，而读书可以让我们获得更丰满的人生厚度，增长智慧。有许多书读来是赏心悦目、满心欢喜的，这种纯粹的快乐，是内心的独特感受，幸福感无法比拟。

但在功利主义占上风的环境里，做一件事要有目的性，否则就被判定没意义。

读《蒋勋说红楼梦》中的一段，颇有些感慨——

春天来了，大观园里特别美，宝钗的丫头黄金莺手巧得很，采了

些嫩柳条编了花篮，又摘了一些鲜花儿放在里面，很是漂亮，一向不怎么夸人的林妹妹都不吝溢美之词表扬她；她跟几个小丫头想要多编几个花篮拿来玩的……这时，小丫头何春燕看到，好心劝金莺别被姨妈看到了，因为在姨妈眼里看不到春天的美与好，而是觉得一根柳条一朵花儿都是可以卖钱的，若是被她看到了肯定要骂的（事实证明的确如此）；她还拿了宝玉的话来说女人的变化，小的时候像是宝珠，嫁人之后就蒙了尘埃失去了光彩，再到后来，就成了鱼眼睛了……这变化，是在世俗生活中被功利渐渐熏陶而成的。

谈到这一段，蒋勋先生提到了康德的那句名言："美是一种没有目的的快乐。"

他用了挺长的一段话来诠释：在没有目的的时候，才会产生快乐的美感。当今世界最大的悲哀是我们被置放在一个越来越有目的性的时空里，缺失了无目的的感受和欣赏，其实人跟人的关系也是一样，有目的就是相互利用，只有没有任何目的的交往，才可以变成互相欣赏，同事、亲人都是如此，脱离所有的功利关系，才能看到一个人生命状态的美。

我是很愿意浪费一些时间、精力和金钱在没有目的的事情上的。

晴空万里的时候，特意慢下脚步，多看几眼天空，云卷云舒，美得不可方物；初秋的黄昏或者春日的早晨，会洒扫庭院，在院子里喝杯茶，看会儿书，美得不得了；盛夏的夜晚，若是天空清澈星光闪烁，会铺张毯子在院子里，点了蚊香，躺在毯子上看会儿星星……我们总说“美好生活”，这些没有任何意义的瞬间，不正是美本身吗?

我觉得，做一些没有目的性的、让内心快乐充盈的事情，是非常要紧的。

可以暂时放弃目的、放下功利心，从世俗生活中脱身出来，只看这一片云，只在意这杯茶，只念着这本书里的爱恨情仇，我只关心这些。

我说的是“暂时放下”——作为碌碌众生中的一员，我们要靠自己的双手讨生活，要吃要喝要养家，自然也不能一直都风花雪月不问世事。

这些我懂。

人与人之间的感情，亦是异曲同工。

想想看，若是我们为了托人办事的话，一定会提前准备一份谢礼，虽然有一些人情在里面，但是“等价交换”的目的昭然若揭。

而我们在平素交往的朋友之中，哪里会这样?

我们因为投缘才留在彼此的生命中，这种投缘本身就是一种没有目的的快乐，只要和你在一起我就很开心，只要你在身边我就觉得很高兴，仅此而已。

会互相帮忙，甚至会两肋插刀，但那是处于一种感情的共鸣、一种情谊的促使，而不是功利心使然。

这些年，我陆续遇到过很多人，有的一直留在生命里，有的远远地站在远处，还有的，早已消失了踪迹。

因工作关系认识过一个人，相处得很不错，虽然算不上每日嘘寒问暖，但有了大事小情，也会互相知会。我以为，我是多了一位朋友。

不再有工作接触后，他对我变得非常冷淡，我才骤然明白，他是带着“工作的心情”跟我交往的，为了让工作变得更轻松的功利心是我们“友谊”的基石。

我识趣地自动地消失在他的世界之外。

谁知道几年后，因为一些事情我跟他所在单位有些联络，跟他的上司打过几次交道，这个很久没跟我联络的人，突然又开始发消息给我，嘘寒问暖，我因为在忙，就简单回应几句。

突然，他问我：“我怎么觉得你对我那么冷淡啊？！”

从那之后我对他真的冷淡了。我们可以公事公办地谈事情，谈工作，谈合作，但是谈友谊？算了吧，我觉得他真心不值得我付出任何的私人时间和情谊。

美，是一种没有目的的快乐。

愿我们每个人都能够在生命之中享受到这种快乐。

和欲望谈一谈

我想要的我都有了，而我有的都恰好是我喜欢的，还有比这更幸福的事吗？

过有规律的生活，恰好的物质，丰富的精神，整洁的环境和内心，给自己足够的时间做喜欢的事情。陪伴家人和孩子，有可以吐槽欢笑的朋友，这就是我人生的全部理想啦。努力吧！——这是我 2015 年 11 月 10 日早晨发的一条朋友圈。

2015 年“双十一”的前两天，周围的朋友已经摩拳擦掌欢呼雀跃了，而我是这么度过的——11 月 9 日，我给家里添置了一只收纳柜；11 月 10 日，我买了很多书；11 月 11 日零点的时候，我大约在睡觉，要么就是在熬夜看美剧。

朋友们在晒购物车，而我的购物车几乎任何时候都是空的——这个功能对我而言从来都是鸡肋，我不会在购物车里囤东西。

喜欢的，必要的，能负担得起的，一定是当下就买了。

超出负担能力，可有可无，只是为了占有的物质，关了页面，一了百了。

“过多占有物质，并不是一件好事儿。”这是我对自己的忠告。

还没有完全做到，只是在努力。

有时候会想，到底我们的物欲是什么时候被喂养长大的呢？

小时候都还好啊。一年四季买四次衣服，雷打不动，每到换季，妈妈就会带着我和妹妹去买新衣服。

12 岁那年春天，我看中一件樱桃红条绒上衣，口袋是灰色的，如今看来那叫拼色，但我妈觉得显旧，不好看，说服我沿着摊位来来去去转了三四遍让我挑拣其他的，我却执拗地只认准了那一件，非它不可。我妈没办法，只好给我买了，我真是开心得不得了，觉得全世界所有的美好都被自己拥有了。

我至今仍然记得小时候的许多衣服，7 岁那年拥有的一条粉红色连衣裙，初中时黑色圆点的短裙，高二时喜欢的那件黑白格子的上衣……那时候的欲望只有那么简单、那么丁点儿，春夏秋冬四套衣服，就可以满心欢喜了。

高二时，班里突然转学来了一个城市里的女孩，白白净净，讲普通话，除此之外，我没看出她跟我们有什么不同。

直到有一天，女同学跟我讲过之后，我才赫然发现她的“不一样”：啊，她居然每天都穿不同的衣服？！她居然能在一个月 30 天里，不动声色地换出各种 style ？！——在今天许多人眼里看来这当然是无足轻重的小事儿，但当时对我的震撼是无法形容的，因为那时候我所有当季衣服加起来，最多能够抵挡一个周不重样而已，相较之下，差距惊人。

在那之前一直把各种衣服互相搭配且不以为意的自己，突然听到内心里一个小小的声音，它说：“原来有些人的生活是这样的。”

大约，那种不由自主的攀比心理，是喂养欲望的第一步吧。

欲望可以带来动力，这是许多人喂养它的另外一种方式。

“我想要更大的房子，更好的车子，更名贵的腕表和包包，更优渥的生活……所以，我要努力奋斗，我要努力赚钱！”这都是我们耳熟能详的励志格言，甚至我自己，也会偶尔畅想这样的时刻：“等我有钱了，买买买！”

把欲望喂养得足够大，的确会带来一定的积极作用，至少会不由自主地克服掉一些惰性。

但是更多时候，欲望≠幸福感。尤其是，实现不了的欲望，会是无尽的痛苦与焦虑之坑。

买买买带来的快感，也许会让我们今天、明天和后天都很开心，但这种快乐却不能持久，欲望的大口会越张越大，我们需要跳得更高、更用力才能够实现，总有一天，当满足不了内心的欲望，就会形成更巨大的心理落差。

旅行去韩国时，在一家免税店的柜台前，我看到一对年纪很大的母女在纠结，她们看着购物筐里的东西，放下舍不得，买走又觉得太贵……心情烦躁的女儿厉声跟白发苍苍的母亲喊“到底要不要，你说啊”，母亲嗫嚅着。

几乎每一个免税店里，都是人潮汹涌，都是中国人在疯狂抢购的热潮。

有时候我们购物的欲望和迫切之情，是在周围的环境裹挟下产生的，一浪高似一浪，不得不买，不能不买。国内出发前，一位姐姐说自己去储藏室找行李箱，发现之前出国时买的东西都还没用呢，她说“这次一定什么都不买了”。

几天后我们回国时，她手里又多了一个行李箱，因为买的东西实在拿不了，她自嘲地笑着说：“这些没准也会囤到储藏室。”

情绪是会互相传染的，欲望也是。“买买买”成了一种流行病，有钱人如此，普通青年也是，物质欲望借由各种手段被过度放大，迫不及待想要吞噬一切。

在日本福冈，同行的人都杀进了药妆店，我一个人随意逛了逛，却碰到了一家有书店的无印良品。

安静、简洁、舒服，没有人急吼吼地买买买，站在书架前看书是最安静、最温柔的美好。我在这里选了一些小东西，特别好用的再生纸笔记本，送给狮子座的两位男生的陶瓷小狮子，几盒彩笔，还有两支荧光笔可以在看书时写写画画……

有点累，我在咖啡区点了杯咖啡，慢慢喝。旁边是一对中年男女在低声聊天，对面是一家三口在吃冰激凌，长桌旁坐着年轻的女孩，一边看手机一边吃甜点……我一晃神，半小时前在药妆店里感受到的那种剑拔弩张像是在梦里，抑或，跟这个咖啡店并不在同一个世界存在着。

什么是恰到好处的物质？我也并不是特别清楚。

我倒是可以描述出我想要的生活的样子，整洁温馨的房子，亲密有爱的家人，做一点自己喜欢的事情，拥有一些美好的实用的小玩意儿，买能承担得起的物质，做能力之内的事情，未必华丽奢靡才是幸福，只要有爱和美，就是完美的生活，不是吗？

我在很认真、很用心地跟我的欲望相处，而不是互相控制。我希望我们成为朋友，正视彼此，互相适应。

我不会无限制地纵容它，最终导致我陷入泥泞；我也不会完全当它不存在，因为我喜欢偶尔有一点的小惊喜，纵容自己的一点小欢喜。

我想要的我都有了，而我有的都恰好是我喜欢的，还能幸福更多吗？简直不能。做一个物质世界里的阿Q，真的蛮幸福的。

你的角度，决定你的高度

人一旦站在高于自己的角度来思考问题的时候，心态就会豁达，遇事就更理性，就不会只在意眼前的一点利益。

公交车是一个沾染市井气的好地方。

有对母女推着婴儿车上来，坐在我前面的座位上。起初，她们在商量过一段时间婆婆要过来的事情。女儿的语气有点为难，婆婆想来看看孩子，不能不让她来，但如果长住的话，家里房间不够，可能会不便。

妈妈说："跟她说明白了，看看孩子就早点回家，家里现在这么挤，时间长了肯定不行。"女儿面露难色，说跟丈夫商量一下，她作为儿媳妇说这话，婆婆想多了就不好了。"再说了，这房子也是我公婆给买的……"女儿说。

妈妈冷笑："人家买的房子也没写你名字，是买给她儿子的。"女儿似乎有点心虚，声音略小一点："没写我的名字，但也是我在住……"妈妈又从鼻子里"哼"了一声："那是为了给她孙子，又不是为了你！你还给她养孙子呢！"

我抬头时，恰好从侧面看到了女儿的苦笑："我养的是我自己的儿子，怎么能说是给别人养的孩子呢？"隐约中，我又听到妈妈"哼"了一声，但没再说话。

后来，她们七手八脚地抬着婴儿车下车了，故事戛然而止。

尽管不知道后来的事情发展，但我相信女孩会处理好婆媳乃至家庭关系的。

她看事情的角度让我相信这一点。

她有为难之处，也有非常周全的考虑，最重要的是，她看事情、做判断不仅仅是站在自己的角度上，以一种"占有资源本能"的心态来看待生活中的那些事情，而是一种更高的俯视的态度来分析这些事情。

人一旦站在高于自己的角度来思考问题的时候，心态就会豁达，遇事就更理性，就不会只在意眼前的一点利益。

当女孩不仅仅站在"占有资源本能"的角度时，她分析事情就会更公平公正——公婆的付出她心中有数，也会用自己的方式回报，形成"互惠、利他"的良性循环，家庭氛围自然也就会更加融洽。

站在高处，会让一个人看到除了自己之外其他人的感情与利益，权衡利弊，理性分析，也就会有更温婉的处理，更融洽的关系，更健康的心态。

太多时候，当你不再时时刻刻想要去占有时，你会发现拥有了更多，豁达的心态、更高浓度的爱情，以及家人的爱和尊重……

从前总是听人说“你所在高度决定你的角度”，而我更相信——看事情的角度，决定我们每个人的高度。

那位母亲的视角，更为普遍存在于我们的生活中，她代表了很多父母的心理底色——只能而且必须站在自己孩子的立场来考虑事情，为他争取更多的资源是自己的本能。

所以，公婆拿钱买房子是应该的，他们是为了自己的儿孙，而没写女儿的名字就是不对的；所以女儿住在这栋房子但没有直接拥有它，当妈的也不觉得好，甚至理直气壮地说“你给他们养孙子呢”……当以平视的角度看问题时，很容易被现实的苦恼挡住视线而看不到前方，只看到了眼前的利益、困难、纠葛和烦恼。

就像是反光的镜子一样，被坏心态折射回来的光，最后只照射在自己的身上，只关注于自身的得失，为自己找各种各样的理由、借口，而不顾及别人的感受。

父母们会不自觉地进入这种误区，爱会使人盲目，可这种爱的角度，却会制造出更多痛苦和麻烦。

我认识的一个女孩突然闹离婚，她跟丈夫感情一直不错，谁知如今骤然进入了无法转身的境地。

男方的硬件更好一些，有学历工作好还是本市人，女孩来自农村，单亲家庭。但幸而，丈夫对她和母亲都很好，结婚之后更是给了岳母家很多帮助，帮小舅子找工作，把在老家独居的岳母接到城市里……

问题就出在了这里。这位母亲在女儿家里住得久了，女婿对自己很谦和，对女儿也极好，渐渐就觉得女儿这一家之主的地位是绝对的，她有了高人一等的感觉，大事小情都要参与并说了算，无论什么事都要给女儿讨个制高点才罢休。

女孩因为一点小事儿跟公婆闹了点不愉快，跟母亲吐槽了几句，母亲觉得女儿被欺负了，连夜打车去亲家家里大闹了一场，历数女婿及父母对女儿各种不好，把对方数落得体无完肤，周围邻居全都被闹出来看热闹……谁知，第二天，男方就提出了离婚：“既然你女儿在我们家吃了这么多苦，这么委屈，不如离婚吧。”

人看问题怎么才能更高一点呢，不要局限于眼前的蝇头小利，不要局限于一己私利，不要只因为眼前的一点付出就抱怨连天，而是能够更为客观更为长远地想到长久的未来，应该就好一些。

后来，我终于想明白了，是角度。

当看问题的角度调整好了之后，你内心的高度自然就可以搭建起来，就会有一种更宽广的心态，能够更自如地拥抱世界，更好地去做一件事情。

二十多岁时，我也抱怨工作，抱怨环境，抱怨领导，抱怨很多事情。我觉得很多因素对我形成了障碍，导致我不能好好发展，发挥我的才能，实现我的价值。

一篇访问写得不够好，我会责怪采访时间不够多，却没责问过自己：难道不是你的准备工作做得不够深入吗？在一件事情中遇到困难，我就会心灰意冷“放弃算了，反正只是工作而已”，许久之后才懂得，我应该告诉自己：咬咬牙坚持下去，今天的付出哪怕见不到成果，总有一天也会有收获！

彼时，只是把自己作为工作中的一枚棋子，机器中的一个螺丝钉，无足轻重的一环。好像所有的付出，都是在为别人，所有的困难都不应该是我来头疼的，而是应该由别人来解决、沟通、协调的。

把自己看得这么轻、这么低，你抱怨也就顺理成章，做不好事情也就理所当然，而别人怎么可能会高看你一眼？

遇到小困难就抱怨领导、吐槽环境、负面情绪爆棚而不去解决问题的，永远只会是最普通、最平庸的员工。他们甚至不能从“职场人”的角度来考虑问题，从未把自己当成一个独立的个体，从未想过做好眼前的这一件小事儿，是为了以后可以做更多更好的事情。

时过境迁，再回去看那个初入职场焦虑而暴躁的自己，真想跟她说一句：“如果你换个角度看问题，你的思路会更开阔，你看到的会更远、更好，你就不会再吝啬于现在的付出，抱怨现在的痛苦了。”

因为你知道更好的未来在等你，而你现在的付出，你所有的体谅，所有的包容，所有的理解，将能够使你获得更融洽的家庭关系，更舒适自然的氛围，工作上的进步，以及个人的成长。

选择比拥有更重要

好多时候，我们以为是生活选择了我们，而实际上，是我们选择了什么样的生活，并最终决定，我们会成为什么样的人。

我刚认识克莱德先生时，他特别忙。25 岁的他，每天都在忙着出差，忙着上课，忙着学习。他骑着一辆摩托车，在这座灰蒙蒙的城市里四处穿梭。他学的是各种我听不懂的程序语言，在我们认识之前，他还自学英语，考了六级。

起初我并没有什么感觉，但朋友们说他是好学青年时，我才意识到：好像的确如此。

当时他在一家医疗器械公司做技术支持，但他说，每次站在公司 IT 大牛的身后看他写程序都特别羡慕，特别冲动，特别向往。

所以，他开始边工作边学习，通过自学课程，最终成功跨行。即便是进入 IT 这一行，他也一直是在学习的状态——周末、夜晚、假期，他的身边永远都会有书。数字时代，知识更新那么快，日新月异，他也必须随时更新自己。

他选择了这样的生活。

他经常熬夜，喝很多咖啡，为了一个解决不了的需求愁眉不展……但是他谈起自己在做的事情，一边说很艰难，一边又透露出很爽的样子。

这么多年，我觉得他就像是一个在爬山的人。不停地往上攀爬，征服了一座山，又一座山。

然后，他变成了一个自己喜欢的人。

他好学、上进、不屈服于年龄与生活，他没有大腹便便醉眼惺忪，他是一个被儿子称为“懒猪猪”但在专业上很求上进的男人。

我觉得很棒。

我的生活中，有不少这样的人。比如我的好朋友、励志偶像叶萱。

我们认识的几年时间里，她始终在激励着我，尤其是在写作这件事上，她给我的“刺激”很大，她让我看到一个女人即便是结婚生子，即便是有工作有孩子也可以在另外一片喜欢的天空里自由翱翔。

叶萱是两个孩子的妈妈，上有老下有小还有个特别忙的老公，所以忙完工作忙家务，当一切都忙完之后，她还要点灯熬油地写作，大量地读书……我觉得很奇怪，我们做的明明比她少得多，却没有她那种朝气蓬勃，为什么？

她选择了成为两个宝贝的妈妈，她选择成为一个优秀的职业女性，她像是宿命般选择了写作……而她清晰地知道自己所选择的生活，所以她花心思去安排时间，花精力规划好家庭，也花心力把一切都安排得井井有条，她甚至隔三差五去旅行，有时候是亲子游，有时候是独自出去玩。

初冬时，我们的朋友何亚娟和顾西爵来宣传新书，我带着她们在书城做活动，叶萱在家里准备午餐。我们到她家时，看到了满满一桌子菜，卖相好，味道赞，每个人都叹为观止。用餐完毕，她还给我们煮了好喝的咖啡，随时看着我们的杯子，一喝完立刻拿去洗，她说自己有强迫症，我看到的只是训练有素。

她要照顾家庭，照顾孩子，给学生上课，还要紧皱眉头赶稿子……她把一处住所当作工作室，日常就在这里写作，给自己留一点空间和时间，好不自在！

我知道我不会成为叶萱这样的人，但是我非常钦佩她这样的人。

她知道自己选择了什么样的生活，她知道自己会成为什么样的人，并且抱着欣欣然的态度，乐观其成。

我们总是觉得，是生活选择了我们，而不是我们选择了生活。

譬如，我们无法选择自己出生的家庭，无法选择自己将要走的道路，恋爱也许是自由的，但是踏入婚姻之后，有很多迫不得已的部分，好像被一切裹挟着走啊走，走到一个无可回旋的余地。

只能随波逐流。慢慢变成了，大腹便便的男人，或者蓬头垢面的女人。

偶尔一回头，满心慌乱："我怎么成了这个样子？我年轻时候那些闪亮的梦想呢？我一直想要拥有的闪光的生活呢？"

也有些人，选择了截然不同的另外一种生活。

我有位女友是超级工作狂，早就打定主意只跟工作恋爱，要赚很多钱，要功成名就，要让家人都为自己骄傲。二十七八岁的时候，她光辉璀璨得好像拥有了全世界，工作出色、朋友很多、赚了很多钱、去过很多地方，一切都很好。

可是到了 30 岁的时候，她突然就慌了，想要谈恋爱想要结婚，恨不得马上就生个孩子，可是又总觉得欲速而不达，另外一种焦虑开始在心中弥漫。

她的故事我在一本书中看到类似的影子。《萤火虫小巷》里，女孩塔莉和凯蒂就像是我们生命中的两面。她们选择了不同的生活，最终成就了不同的人生——说不上哪个好哪个不好，可是隐约之间，总是觉得有那么一点遗憾。

塔莉从小励志要成为耀眼女主播，她孜孜以求，锲而不舍，果然功成名就，拥有了名声地位与瞩目，可是年近四十的时候，她很寂寞，越来越疲惫。而凯蒂，从小就相信爱情，她爱上了一个叫强尼的男人，为了他从事了自己并不喜欢的传媒业。结婚之后她选择成为全职妈妈，女儿长大她有了一点时间打算重新开始喜欢的写作生涯，可是意外怀孕又让她重新投入了纸尿布与奶瓶的生活……

读这本书，简直是触目惊心。

好多时候，我们以为是生活选择了我们，而实际上，是我们选择了什么样的生活，并最终决定，我们会成为什么样的人。

2006 年的某个晚上，我百无聊赖地躺在床上看韩剧。

突然我心中一动："我有这么多时间，为什么不写点东西呢？"

自此，我开始写稿子，越写越多，越写越爱写，越写，越爱这个写作的自己。

我选择了这样的生活，我尝试着把我生命中美好的感兴趣的事情都留在我的生活里，而我，也在这些美好中渐渐成长，浸润成一个喜欢的自己。

你是否愿意试试看，选择自己的生活，并且最终成为你喜欢的那个人?

我的人生不凑合

我不要凑合的人生，人生只有一次，我不想在垂垂老矣时，悔恨而羞耻地想：我这一辈子，居然都是在凑合中度过的。

有读者发消息给我，彼时，TA 正在人生的十字路口彷徨着——37 岁，在一所学校当老师，利用业余时间学习，考上了博士。

那么问题来了：要不要辞职去读博？！

如果辞职，读完博士自己都四十出头了，万一工作不好找或者找不到好工作怎么办？当然，如果不去读的话，看上去还有点遗憾呢，尽管 TA 说自己“是为了证明自己的学习能力才考博的”，似乎去不去读都可以。

毕竟不是我自己面临的两难抉择，说什么都是“站着说话不腰疼”的立场，所以也只能给 TA 终极建议：“选择你最想选的那个。”

这句话看上去还是有点“心灵鸡汤”或者“不痛不痒”，但真的是我的肺腑之言。尤其是在大事上，永远不要去选那些“凑合”的选项。

凑合，是一种慢性毒药，它看上去是无害的，甚至是“权衡之下成熟的选择”，但它会白白浪费大量的时间、精力、金钱，更会让我们蹉跎岁月，失去斗志，错失奋斗的机会。

当下它可以让我们暂时麻痹自己，认为接下来的路还可以走，以后也许会有更好的选择给我们；而实际上，这权宜之计就像是一双本来就不那么合脚的鞋子，最开始觉得“还能凑合穿一穿”，久而久之，就会越穿越难受，越穿越痛苦。选择的时候就心有不甘，久而久之后悔的心情开始弥漫，后悔没有选自己最想选的那个，痛恨自己没有为最想做的事情努力过，难免就会对一切都不满，很多人的不快乐，就是从“凑合”开始的。

女友小菜约我一起午饭，可是她看上去焦虑又烦恼，说是公司正在举行竞聘，而她对于自己是否要参加以及竞聘哪个岗位都不是很确定，所以很烦。

“当然要参加呀，如果你对现在的工作和公司还蛮有好感的话。”这是我的第一条建议。我向来不赞成做“职场废柴”，尤其是女性朋友，更不要动辄被“有份清闲的工作，可以照顾家庭就可以”这样的念头蛊惑，久而久之成了公司里可有可无的人，也为自己不求上进找了一个好借口。

若是有机会，还是要往前努努力，哪怕不为升职加薪，这也是个人价值的重要体现。

至于选哪个岗位竞聘，唯一的原则就是：选你最想选的那个。

小菜有点没底气，她最想选的那个A，但她自知自己不是业务能力最强的，可能会失败；但若是选比较有把握的B，她又觉得……那不是自己最想做的。

这是我们常常会遇到的状况，总希望选择“保险一点的”，哪怕选的不是最想要的那一个，哪怕只是“还凑合”，嗯，差不多就可以了。

关于凑合，我听说过太多。

恋爱的时候，TA 不是自己最爱的，但，还凑合啊。感情也还凑合，条件也还不错，于是就凑合着结了婚，生了孩子，过个几年，感情从不温不火到淡如白水，再到彼此之间再无更多交流。也想过要去追求更有热情更幸福的生活，但又觉得，那可能会是一场冒险啊，还不如就这么凑合着过吧，一年又一年，把自己的青春、人生都蹉跎进了一场“凑合”里。

找工作的时候也抱着相似的心态，很好的那个公司很难进还是不要浪费时间去实习了，很想做的那份工作也许不够稳定还是不要冒险了。于是，去一个还凑合的公司，做一份还凑合的工作，看别人拼命、努力、奋斗的时候，觉得自己还不错啊，不用太辛苦，到了职业倦怠期，才发现自己在年轻时候蹉跎过的时光，如今都以无数倍的悔意来敲打自己。

也有人把凑合当台阶下，不屈服于现实，但也不会因为过于理想主义而去撞个头破血流。我有位朋友第一年考研没有成功，不想坐吃山空靠家里供养，于是选择先工作，工作的这段时间里，白天上班，晚上学习，睡得特别晚，起得特别早，第二年考研成功，学了自己最喜欢的专业，毕业后做了自己喜欢的工作，简直是大快人心啊。

不放弃梦想，不屈服于凑合的人，才是真正的勇士。

收拾衣柜的时候，扔掉大部分衣服，都是在凑合的心态下买的——这件不贵，买吧；没买到特别喜欢的，这件还凑合，买吧。

结果是，这种衣服穿的概率非常低，本来就没那么喜欢，时间久了更觉得无趣。在衣柜里堆了一年又一年，终于逃不脱被扔掉的命运。

衣服如生活，我们若是能够在生活中也多一点“不凑合”的勇气，也许人生的快乐就会多一些，做选择的时候也就更明了一些，是不是?

跟小菜吃饭过后的第二天晚上，深夜时分，收到她的短信：“成功了。”

她还是将自己的竞聘目标选择了最想要的A。她说，自己想过了，哪怕失败，也心甘情愿；但若是为了保险而选了凑合的B，无论成功还是失败，心里都不会多痛快。

我深以为然。

过了30岁之后，我就警告过自己：“我的人生不凑合。”

我一定要过自己想要的生活，尽自己所有的努力追求自己最想要实现的梦想，做最想要做的事情，哪怕是一时力有不逮，也没关系，我相信来日方长，我相信岁月不会亏待努力的人。

我不要凑合的人生，人生只有一次，我不想在垂垂老矣时，悔恨而羞耻地想：我这一辈子，居然都是在凑合中度过的。

你真正想做的事，只要开始了就不会晚

只要你开始了，就不晚。若你不开始，仅仅停留在思考犹豫甚至焦虑的状态，那就永远都是零。

跟好朋友们吃饭，闲聊起正在做和想要做的事情。

我的计划是，好好赚钱，然后安心写作。女友 zhaozhao 哧哧地笑着，说："我的想法跟你恰好相反，我想好好学中医，多听一些课程，多做一些实践。"

尽管我们的方向和目标各不相同，但很开心的是，每个人都在做着自己想做的事情，朝着自己喜欢的方向走去。而在这样的时刻，有一种感受特别清晰而突出：你想做的事情，不管什么时候开始，都不嫌晚。

五六年前，身为杂志编辑的 zhaozhao 突然迷上了中医，不仅是喜欢，还是着迷——看各种专业书籍，学习各种课程，拜访名医。

当时我觉得匪夷所思：这个年过四十的女同学，半路出家学中医，是不是也有点太奇怪了？

按照惯常思路，当她发现自己真正喜欢的是中医时，第一反应不应该是后悔连天吗："哎呀，太可惜了，我居然大学时没学中医？！"再说了，四十多岁的人跨界这么大也太不可思议了，改行这种事情应该在年轻时做啊，都人到中年了，学习能力大不如前，家庭和工作也都进入了稳定期……总之，还折腾什么呢？！

这些疑问我陆续向她提出过，她当时只是淡然地说，自己目前还只是中医粉丝，非常喜欢，所以要开始学习；至于其他，至于以后，还没想到那么多、那么远，一边学习一边思考，不是正好吗?

也是。

有许多事情，我们想太多，想太远，反而会止步不前。

在后来的这几年时间里，她一边组织中医学习沙龙，一边参加各种课程，她的热情和行动，无形中给我很多鼓励。

想要做一件事，永远都不要怕晚。只要你开始了，就不晚。

而若你不开始，仅仅停留在思考犹豫甚至焦虑的状态，那就永远都是零。

24 岁那年，我的妹妹安吉开始学跳舞。

当时，她已经大学毕业在高校工作，也结婚了。所以听说她要学跳舞，我自然是惊讶的。

听说跳舞是童子功，你都二十多岁了，骨头都硬了，身体还能柔软地伸展吗？一个女孩子，都工作结婚了，好好工作、生活，过两年生了孩子就更要忙于家庭生活了，跳舞？也太异想天开了吧……她遇到的疑问应该是不止我一个人提出的。

她简单跟我解释说，她学习的是肚皮舞，不需要童子功，只要基础学扎实就可以；她小时候就喜欢跳舞，但当时没有环境和条件，现在有了，把这作为一个兴趣，不好吗？再说，跳舞可以锻炼身体，延展身心，还能扩大社交圈，她认识了一帮兴趣相投的好朋友，非常开心。

没想到，她就真的跳了十年。

这十年里，她从初学到精进，从一个普通的舞者到教练，在舞蹈比赛中斩获过很多重量级奖项，开了自己的舞蹈工作室……听起来像天方夜谭，但这些的确都风轻云淡地发生在我们的生活里。

她还在大学工作，生了可爱的小 Baby，除此之外，她还跳舞，学习瑜伽，带着爱美的女生断食减肥，还带着孩子们学习少儿英语（她是英语专业八级）……这么想一想，这个小时候好吃懒做的小胖妞，还真是挺让人钦佩的。

她打算开舞蹈工作室时，父母是略有担忧的，当时肚皮舞已经开始流行，她做得当然不算早，行吗？她说："虽然我做得不算是最早的，但是我能做好。"

答案已经显而易见。

这是个非常奇怪的现象，当你打算做一件你喜欢甚至想了很久的事情时，总会有人告诉你："你来不及了，已经晚了……"

20 岁时，你想要开始学习一项运动，有人说："晚了，你的骨骼已经发育完毕了，你现在来不及了。"可是，我在滑冰场里看到头发花白的阿姨穿着冰鞋跌跌撞撞地穿梭在年轻人中，帅极了！

30 岁的人说她要开始学写东西，又不无担忧：“还来得及吗，是不是晚了？”我相信写作是不分年龄的一件事，只要你想，60 岁拿起笔开始写都没问题。关键是，你得开始。哪怕是写日记，都算是进步。

想想 76 岁才拿起画笔的摩西奶奶，80 岁举办画展这件事，是不是很酷？

我觉得是。

她说，人生永远没有太晚的开始。

你做什么都有人说晚了，于是你就不做了。

你高二时发现成绩不够好，可能上不了重点大学，你觉得自己努力也晚了，所以自暴自弃，最终连一所普通本科都没去成。而我有个初中同学，调皮捣蛋得令老师们头疼，成绩非常一般，初三下学期他开了窍一样拼命学习，居然在众人的目瞪口呆中考上了重点高中！

大学读了一段时间，你才发现自己选错了专业，完全不喜欢，可是已经来不及了吧？于是就浑浑噩噩，在游戏里浪费青春，挨到毕业，勉强找一份工作，没过多久又发现自己再次错过了改变人生的机会——啊，又晚了！

你在一段感情里发现了问题，如鲠在喉，非常难受，可是你们已经谈婚论嫁，来不及再去沟通、梳理了吧？于是就假装什么都没发生，一直拖到婚姻里，拖到有一天图穷匕见，自食恶果。

……

励志的故事有很多。但若认真去看，抛去那些炫目的光环，大多都是一个普通人在用自己的坚持、努力和认真，写就了整个传奇。

你想做的事情，只要开始了就不会晚。你想要做的改变，只要开始了，就会往好的方向走。

你原本就在自己心不甘情不愿的境地，往前努努力，哪怕只是一小步，都是离它远一点，这难道不好吗？

今天不要睡太晚

饱满的精神、稳定的情绪、健康的身体，以及对自律生活的强有力地掌控，是我认为一个人最好的状态。

几乎是一种习惯，每次克莱德先生出差，我就睡得特别晚。

多晚?

大都是在凌晨 1 点之后；早晨 7 点浑浑噩噩地醒来，喊豆豆哥起床，用各种甜言蜜语和威逼利诱把他弄醒，催促他穿衣、洗漱，直到听见大门“咔嗒”一声，他去上学了，才能放下心，然后自己再不情愿却也不得不面临着要收拾利落出门上班的苦难。

因此，一般撑过一周，我就筋疲力尽，精神萎靡，时常心情烦躁，对许多事情失去耐心——精力不够的时候，人的状态都会特别差，不必赘言。

两个人都在家的时候，相对好一点，互相督促、相互监督，争取 12 点之前休息。这对于“晚睡党”而言，已经算是相对规律的作息；而一旦分开，都会非常不自觉地熬夜。

年纪轻时，熬夜是家常便饭。我们因为各种理由熬夜，为了上网，为了看剧，为了各种奇怪的事情。大一有好几次，我跟同学在网吧里熬通宵，现在想来真是匪夷所思啊，怎么能跟陌生人说那么多有的没的的话呢，当时脑子里到底怎么想的呢？！

大二那年《流星花园》风靡一时，有个晚上我的好朋友小慧跑去网吧通宵看完了这部剧，清晨回来时神采奕奕两眼放光："哇，周渝民太帅了！！！"

……

年轻的时候很多事情是不考虑意义的，反正有的是时间，可以任意挥霍。哪怕是熬了通宵，只要睡个半天，就立刻又活力满满。黑眼圈是没有的，皮肤暗沉也没发现过。

好多人说青春就是用来挥霍的，我没有试过，大概最大的挥霍就是熬夜吧，漫无目的，只凭着一时兴起。那时候也的确是因为没有什么目标，不知道自己将要走向何处，成为什么样的人，所以才会把时间近乎浪费地使用着。

20 多岁的时候，熬夜之后痛快地睡上大半天简直是无与伦比的享受。而 30 岁后的日子里，无论熬夜多么疲倦，接下来的时间都很难睡踏实，顶着脑门上的黑线行走在街头，看全世界都不爽。

但是明明，30 岁之后有许多事情需要熬夜啊。

工作几乎占据着所有白天的时间，朝九晚五，来来去去，从早晨到黄昏；下班之后也并没有多少时间属于自己，吃饭洗碗做家务，跟家人聊聊天，陪孩子玩一会儿，若是能在 9 点之前搞定，就谢天谢地了。而大部分时候，把孩子弄到床上去，给他讲个故事或者绘本……真正属于我的时间，只能是从10点后开始。

从前很难想象吧，时间变得如此分秒必争，人生变得如此紧凑。但身临其境之后，觉得是顺理成章的。

所以，不可能不熬夜。毕竟还想要一点点时间，要读几页自己喜欢的书，要做点喜欢的事情，要在电脑前写几行字，两个小时并不怎么够用啊。

但也开始每天都提醒自己：今天不要睡太晚。

不要把自己绷太紧，不要企图把事情都做得面面俱到，偶尔要放松啊。尤其是，每到凌晨时刻，一种奇怪的消极的情绪就会浮上心头，无论我当时在做什么，都会觉得心烦意乱，悲观非常。一旦这种情绪出现，我的效率就会非常低，无论在做什么事情，都变得郁郁寡欢，怎么看都不顺眼，啊，不如去睡吧，明天再说好吗？！

饱满的精神、稳定的情绪、健康的身体，以及对自律生活的强有力地掌控，是我认为一个人最好的状态。

今天不要睡太晚。我打算先从这一步开始做起。然后，慢慢地靠近自己的目标，达到更好的状态。

愿你也是。

愿我们都能善待别人，也能被世界温柔相待

谁都觉得自己特别一点，谁都觉得自己应该得到善待，可是却忘了，陌生人之间的这种善意，是需要互相激励才会生发出来的。

在自助餐厅吃饭，我坐在公共长桌上一个人埋头吃着。

有位老先生带着两个小女孩来到旁边的空位，用餐高峰期，座位紧张，这张长桌也仅剩两个座位。老先生让小女孩们坐下，给她们弄好吃的、喝的，自己就站在旁边吃起来——恰好站在我和小女孩们的中间。

他毫不介意，我却吃不下去，扭头找了一圈，不远处的四人桌还有个空位，过去问了一下的确没人，我便请老先生坐在我的座位上，我端着食物去那张桌子。

老人说了几个“谢谢”，还帮我把水杯端到新座位。

这次我坐下，才能安心吃饭。

这是非常微小的事儿。我不做，不会有人说什么；但我做了，心里会舒服。因为我看到他的时候，会想到我自己的父母——若我的父母在自助餐厅里因为找不到座位而不得不站着时，我多么希望会有一

个年轻人给他们让个座啊。

偶尔，我会做一些小事儿，看起来热心有余，但我却不能不做。

因为我总是在那些人的身上，看到我熟悉的家人、朋友的影子，所以没有办法冷眼旁观。耐心地给路人指出正确路线，给公交车上的老人孩子孕妇们让个座位，给得到错误信息的人一点正确的指引……微不足道，举手之劳。

有年春天去参加一个会议，第一天午饭开吃后，有一个年纪略大的同行匆忙赶来，大约也没什么熟悉的人，他找了个空位子坐下来，开始沉默地吃东西。

我心中一动。我在这个戴着眼镜表情严肃的陌生人身上，看到了我爸的影子——他的五官、身材跟我爸完全不像，大约也更年轻一点，但他沉默的表情跟我爸真的有点相似。

吃到一半，大家都开始设置手机网络，想要用酒店的 WiFi，他也要弄，但又不得其法，我主动提出帮他弄，捣鼓了半天才终于弄好。他心里大概会觉得很奇怪吧：这个陌生人怎么对我这么热情?

第二天闲余时间，有几个人约了去市场买点东西，他也去了。

我和女士们在看首饰盒之类的小玩意儿，不经意一抬头看到不远处他在焦急地等待什么，我便走过去问他怎么了。他腼腆地笑了笑，说是看到一把牛角梳，想带回去给妻子做礼物，但是找不到售货员。

我问过另外一个工作人员之后，去旁边的柜台找到售货员，他这才付款买了梳子。

当时我心里想，若这是我老爸，他一定会从头到尾被动地站在那里等售货员回来；而若是痴痴等不到，大概他就会放弃了……所以我应该帮帮忙。

过去了许久，我早已经忘了那个人的样子，以后应该也不会再见面，但我始终记得的是，他跟我老爸相似的那种感觉。

我不知道自己偶尔善意的小举动，带着体谅的心情做的事情，是否能够吸引更多的正能量。但是我愿意这样做，哪怕是一个陌生人，我若善待他，也许，有一天他心有触动，也会善待他遇到的别人吧？

这不是什么了不起的事情，这只是最普通的善意。

所谓“老吾老以及人之老，幼吾幼以及人之幼”，看到老人想到自己的父母于是给他们一点帮助，看到孩子想到自己的子女于是给他们一点关爱，是再普通不过的事情。

更不要提我们的同龄人，都有着来自工作和生活的巨大压力，都有着迫不得已的苦恼，都有着难以说出口的沧桑，这份懂得无须说出口，就能体谅，对吗？

我们若是对别人多一点点体谅，释放多一点善意，许多尴尬就会被化解，许多矛盾就会消失得无影无踪。

乘火车去外地，检票前我排在第一个，一个五十多岁的阿姨提了东西过来，放在我的前面，然后招呼她的母亲，一个更老的老太太过来站定。几分钟后，一个男人搀扶着一个特别老的老太太过来，也站到前面，四个人并排堵住了检票口。

工作人员说需要留个出入口以防有赶着上车的人，四个人中必须有两个往后靠一靠，但是他们谁都不退后，稳如泰山。

男人说：“你们靠后点儿，让老太太在前面，她九十多岁了！”而早点过来的老太太也不甘示弱：“我都八十三岁了！”那男人又强调一次：“她都九十多了！”火花四溅，互不相让。

谁都觉得自己特别一点，谁都觉得自己应该得到善待，可是却忘了，陌生人之间的这种善意，更是需要互相激励才会生发出来的。

最后是工作人员调停，把九十多的老太太先放进去，让她在里面等；八十三的这位站在入口，排在最前面。工作人员哭笑不得：“你们两位都八九十岁了，万一来个匆匆忙忙的撞着你们怎么办？”

没人说话，互相不爽。

我们总是希望自己被这个世界善待，能够得到尊重，能够得到体谅，犯错误能够被谅解，做好事能够被奖励。

可是有许多时候，我们却忘记了善待别人。我们从小学过“以己度人”“己所不欲勿施于人”……可是我们却又真的只把它们当成语而已。

愿我们在点滴小事儿中可以善待别人，也愿我们爱的人可以得到世界的温柔相待。

你善待别人，才配得到世界的善待。

最大的成功，是成为自己尊重的人

一个真正付出了努力与汗水，一个不做自己所不齿的事情的人，一个尽可能去追求更好的自己的人，成了自己尊重的人，这就是最大的成功。

看过一个标题是“你那么努力怎么还那么焦虑”，我忍不住笑。

从我的经历而言，许多人的努力正是源于焦虑。更明确一点，是对成功的过度渴望，才会让许多人一边努力一边焦虑。

“成功学”几乎在我们出生之后就被一再灌输。

小时候我们要比小朋友学习好吃饭多才艺棒才是成功；长大了我们得考进好大学找到好工作谈个好恋爱才算是成功；再大一些，我们得升职快赚钱多有前途有人脉才是成功……我们从小就被灌输各种各样成功的标准和范例。

成功就像是一个怪物，给我们制造越来越多的欲望与幻梦，至于那是否是我们想要的，好像并没有人在意，甚至我们自己也不是那么在意。

因为成功是世俗的概念，只要得到世俗社会认可，你就是成功的；只要世俗社会不认可，你就是失败的。

看起来很残酷，可是我们一直在这样的环境里成长，早就以这样的标准来判断自己成功与否了。

之前因为工作的关系，接触到了一个叫邓博弘的人。

噢，也是一个成功者的故事。

他家庭出身很好，聪明有能力，年轻时替父亲经营工厂很成功，后来对动漫产生兴趣，就毅然决然地跳进了这个行业，熬夜学习，疯狂钻研，从一个门外汉做成了国内顶尖的特效公司……

创业成功功成名就的人有很多，而他对我的触动很大，这是我认为的真正的成功者。

可以想见，当他回味过往，并没有因为家境优渥就养尊处优，而是遇到了自己真正感兴趣的事情，又倾尽所有去努力，曾经这样拼搏过的自己，是多么值得尊重啊。

而至于结果，已经不那么重要了。

作为普通人，我们私下里是有许多焦虑与犹豫的。

二十多岁的时候，我也曾动辄就想：我是否应该放弃自己的喜好与兴趣，跳槽去一个更光鲜亮丽的行业，去实现人生的成功?

想一想，又算了，我怕自己会后悔。

我怕把自己的兴趣和热爱饲养了“成功”这个怪物后，它会吞噬我更多，我的时间、空间、自我，怕最后我会变成一个饲养成功而存在的人，而不是我自己。

当然，这样的过程反复过很多次。偶尔你会听说昔日的朋友腰缠万贯，又或者从前的同事成了企业高管，父母不再提及“别人家的孩子”，可我们心中自有万斤重担，会自己去做对比，不是吗？而每次做对比，心中就会起涟漪：“我到底该怎么做才会成功？我是不是应该去追求成功……”

后来居然就想通了。

经过了时间的锻造和内心的煎熬，真正认识到了自己的喜好与兴趣，也真正明白了自己想要的到底是什么样的生活。

到最后，有了自己判断成功的唯一标准：我要成为一个自己会喜欢、会尊重的人。我想，这是一种最深层的自我认可。

不喜欢懒惰拖沓的人，那就去成为一个勤奋努力的人；很鄙视偷奸耍滑的人，那就把正直诚恳作为自己的原则；厌恶斤斤计较蝇营狗苟的人，那就让自己大气一些，不贪图小便宜，不做自己会厌恶的事情；看不惯长舌妇与搬弄是非的人，遇到类似的事情就绕开走，不要让自己也成为其中之一……一个真正付出了努力与汗水，一个不做自己所不齿的事情的人，一个尽可能去追求更好的自己的人，成了自己尊重的人，这就是最大的成功。

一个人在年迈无力的时候，若是想到自己曾经蹉跎过的岁月，曾经辜负过的时光，曾经逃避付出的责任与努力，会否是最大的痛苦？

许多东西可能求而不得，但成为自己尊重的人却是可以通过努力做到的。

不过是做到自己的最极致，摒弃自己不喜欢的东西，拒绝成为自己鄙视的人。

我曾很焦虑地想：以我的平凡普通，以后怎样让我的孩子以我为傲呢?

几年之后，我周遭的环境几乎没有什么变化，我依然是个普通的写作者，没有腰缠万贯，没有豪车别墅，我能给他的依然是最普通的生活，可是，我的焦虑却消失得无影无踪。

因为作为妈妈，我教给他的是：找到自己的兴趣爱好，热爱自己所做的事情，遇到困难要去解决，遇到挫折不要轻易放弃，相信这个世界的美好，但是也要原谅这个世界的不完美……我会慢慢引导他，去成为一个自己尊重的人，而这，是我能给他最宝贵的财富，也是他幸福感与成就感的巨大来源。

成功到底是要用什么样的标准来判断呢?

这个还真是难说。此时腰缠万贯，也许几年后又浪荡街头，这样的传奇在世界上并不少见；今日的呼风唤雨，也许不久后门可罗雀，权势的更迭交替古往今来也并不少见……

大约，每个人对于自己的认可程度，才是成功的唯一标准吧。

在每一个夜深人静的时刻，心中是踏实畅快、自豪淡定，而不是悔恨、愧疚、懊悔、难过，就是真正的成功了吧?

愿我们能够成为自己尊重的人。

真正的好命，是有生命力

拥有了强大的生命力，我们就拥有了永远不会失去的“好命”，因为任何牌，我们都能打好。

“你抽到什么牌不是最牛的，最牛的是你无论好牌还是臭牌都能打好”，这句话曾经一度很流行。

我们每个人都会遇到大事小情，有的是好像怎么都翻不过去的山，有些是令人头疼的小事，转头去看别人：“咦，怎么他们的人生都那么顺遂什么事情都很顺利，他的命真好！”

每个人都有自己的烦恼也有自己的幸福。我们大多数人都不可能一辈子顺遂如意，但是为什么有的人每天愁眉苦脸而有些人却能够生机勃勃地翻山过河，保持着阳光的心态继续前行？

因为生命力。

曾在深夜有读者跟我聊了几句后，感慨说：“总体而言，你应该是个方方面面都比较顺利的人吧？”我忍不住笑。

不止一次有人这样说，甚至跟我在一起超过十年的克莱德先生也会半是嫉妒半是感慨“你就是太顺利了”。别人这样说的时候，我顶多笑笑，但他这样说的时候，我一定会奋起反击，因为他抹杀了我的努力。

偶尔我会说：“我命好也是我自己争取来的！”

我的确是相对顺利的，小时候没有家境窘迫到读不起书，长大了没有因为交不上学费而不能读大学，大学毕业没有找不到工作流浪街头或者在家啃老，恋爱结婚没有吃不上饭养不起孩子；家庭稳定，身体健康，偶尔头疼脑热但无大碍——且慢，大部分人的人生难道不也是这样的吗？

我觉得这样的人生就算是顺利了，相比那些从小生活在饥寒交迫的家庭，又或者受到病魔威胁的人而言，我们的确值得再三感慨自己的人生太顺利了。

所以，我喝一杯茶会觉得很幸福，看到蓝天会觉得很幸福，和家人一起觉得很幸福，哪怕是淋着雨走在山顶看到葱翠绿色，也觉得很幸福……我很珍惜这一刻的顺利。

若是把这些片段揉碎来看，我抽到的都是好牌吗？

当然不是啊。

有时候，还真是有点“寸”呢。

中考前政策突变，我原本有把握进的二流高中被划区了，我最后只进了一所三流高中。当时，我失落得恨不得去死，觉得所有努力都付诸东流，特别对不起父母，等等。这是人生的第一次失败，意外促成了我高中时的格外努力。那是很叛逆的十六七岁，我曾经公开跟老师顶撞吵架，也曾经躲在被窝里打着手电筒学习。

与我相反的是一位初中女同学，天资聪颖，学习不吃力，一点就通。中考时，她顺利进入了那所好高中，一年之后却因为早恋闹得不可收拾；高考成绩并不好，进了一所不入流的大学，还没大学毕业又因为恋爱问题休学回家不知所终……

所以，好多时候我们真的不好说自己拿到的是好牌还是烂牌。

好牌如果不好好打，也有可能一败涂地；而烂牌，若是认真打，也许还有反击的机会呢。

若是我进入那所好的高中，大概以后的人生都会改写，但我是否会比现在更好，真的很难说。

我那位同学，在很大程度上她就是太过顺利了，家境不错，人又聪明，在十几年的人生经验中，要风得风，要雨得雨，说没有一点骄纵是假的。以至于最后，走到了令人唏嘘不止的岔路上。

我也有过艰难的时候啊，但咬咬牙也能走过去，也能收获意外的惊喜。

“非典”封校，我们没课上，也出不去，我在网上认识了克莱德先生，一边写稿子一边谈恋爱；写文章让我结识了一些朋友，非典过后，经人介绍进入杂志社实习；第二年，我毕业后进入杂志社工作，又过了两年结婚……杂志社的工作看起来光鲜亮丽，实际上一开始收入很低，薪水微薄到勉强维持基本生活。不过为了自己喜欢的事情，总是要付出代价的，对吗?

在许多的瞬间，你都能够深刻体会到“祸福相依”的命运，当我一再回头去看那些决定我人生走向瞬间的过往时，我都在心中深深感慨：没有那些令人沮丧的“坏牌”，就不会有我后来的“好牌”。

如果没有“非典”封校，我不会认识克莱德先生，不会去杂志社实习；如果不是因为杂志社的收入很低难以维持生活，我可能不会那么努力地写稿子；如果没有这一份坚持，我不会一写就这么多年仍没有放弃，实现了儿时的梦想……

许多时候，我不喜欢摊开自己经历过的“苦难”给别人看。有些痛苦，不足为外人说。因为每个人的人生经验都与众不同，我们每个人对自己苦难、痛苦的深刻理解，无法企盼其他人也达到这么深；而若总是絮絮叨叨，我们很有可能就会走到“祥林嫂”的歧途上。

也许真的有人一帆风顺，但那个人不是我。

我小时候，很害怕妈妈说“这个月的工资花完了”，家里只有老爸赚钱，总是觉得捉襟见肘；读大学时，我很早就决定不考研，妹妹比我晚两年也要读大学，父母已经无力承担这么多；工作之后，我所在的杂志社并不是强势媒体，那种边缘化是非常难受的，除非你更努力，因为你这个人足够好，一切才会更好；毕业后，我曾经为了办理户口和档案，求告无门，痛苦不已，最后是同事和一位网友给我帮忙弄妥当……我今天所拥有的一切，有许多是别人给予的，比如我的家庭，比如我的爱人，比如我的同事和朋友。

但是生命力这件事，是我自己的。

而正是这源源不断、永不枯竭的生命力，让我“注定”拥有了这一切。一切的好，一切的顺利。

蒋勋先生在讲《红楼梦》时，讲到刘姥姥给王熙凤的女儿起名字时，提到了生命力的问题：所谓生命力，就是灾难不再是灾难，危机不再是危机。在我们的生活中，有时候遇到一点小事儿就觉得过不去了，其实就是生命力弱了。

我们看到一个人永远都朝气蓬勃精神头十足，偶尔有点沮丧，但是转而又恢复如初，仿佛他从来不会被打倒，这种人就让人觉得很赞啊。

我们总是赞美那些成功的人，崇拜那些失败过又东山再起的人，我们却鲜少打定主意，在自己的人生中，做这样一个坚韧而强大的人。

那些永远都阳光积极的人，那些永远不会被打倒的人，那些可以东山再起的人，是他们没有受过伤，没有经历过苦难吗？

当然不是，而是这个人生命力非常强。遇到山，他能爬过去；遇到河，他能渡过去；遇到困难，他能去解决、去承受；遇到一切，他都会想办法，而不是坐在地上哀号痛哭：“哎哟，我的那个命啊！”

当他们不把灾难当灾难，不把危机当危机的时候，他们的生命中还剩下什么呢？当然就是那些快乐的、阳光的、积极的事情。

那还有什么理由不扬起笑脸，热情洋溢地生活下去呢？

天生好命的人实在太少。天生命不好的人，也同样很少。

太多人是因为缺乏生命力，所以才导致自己总陷入“命不好”的泥沼中。

想想看，我们并不是命不够好，只是有时候养尊处优又或者太过顺利，令我们逐渐失去了自己生命中最要紧的生命力。

拥有了强大的生命力，我们就拥有了永远不会失去的“好命”，因为任何牌，我们都能打好。

实现梦想，是一场异于寻常的坚持

慢慢走，扎实而努力，不轻言放弃，选择了就头破血流地去试一试，才有可能看到成功的彼岸。

有个年轻的女孩问我："你的写作之路，是怎么走到今天的？"

她说非常喜欢写文字，在学校拿过不少奖，但她很迷茫，不知是否该走下去，又不确定自己是否适合走这条路……她问我："小木头，你以前有过投稿失败的经历吗，多吗？"

我在她身上，看到了许多年前的自己。

当我迷茫无措，觉得前途茫然不知何去何从的时候，我也曾在心里无数次地想，不知道那些"终于写出头"的作家们，是否也曾经有过这么艰难的时候？

譬如投稿失败，譬如稿子被毙，譬如石沉大海，譬如不知道自己该写些什么——噢，是否应该转去做点别的事情，写字这条路也许对我而言只是奢望吧？

遗憾的是，如果现在让我重遇十多年前的自己，我依然无法回答那些问题。

因为这条路，是怎么走过来的，我明明也并没有那么笃定，那么了然于心。

许多时候，我只是摸着石头过河，忐忑不安，局促惶恐。这样的时刻太多了，许多瞬间，我的脑子里也会闪过“放弃吧”的想法。

但每一次，都只是闪过。

第二天或者过几天，我又像是斯嘉丽说的那样，“明天又是新的一天”，只要太阳升起来，就还可以充满希望。

所以，我只能跟那个女孩说一句：“做任何事情都会遇到瓶颈，这是我给你的忠告。”这是我最诚恳的建议。

我初中时学过绘画。我根本没有绘画天分，兴趣也不浓厚，唯一印象深刻的是一位老师说过的话：“学画的过程中，大多数人都会遭遇到瓶颈期。本来觉得天天有进步的，但是突然有一天，就迷茫了，不会画了，不知道该怎么画了……如果突破这个瓶颈期，又会有突飞猛进的进步；若是突不破，就不会再有进步了，再勤奋、再努力，也是在原地打转，所以很多人就放弃了。”

这么多年，我觉得自己和周围人一直在隐约验证着这个“瓶颈理论”。

无论在学习还是在工作中，似乎都有这样的时候：在实现所谓梦想的过程中，总会遇到一段或长或短的瓶颈期，枯燥、无奈、感觉自己碌碌无为、纠结自己是否该继续走下去……

无论是写作，还是从事别的工作，许多人的身上都有这样的故事发生。

最后超过 80% 的人都放弃了吧，所谓最初的梦想，都留在了伤感的记忆里。

所以，我们总是艳羡那些实现了梦想的人，羡慕他们过自己想过的生活，从事自己喜欢的工作，拥有自己喜欢的一切。他们是传说中实现了梦想的勇士。

为什么大部分人并没有实现梦想，只是“为了生活而生活”？

因为无法坚持，因为半途而废。

初初踏入社会时，都满腔热血，一脸纯真，兴冲冲地朝着梦想飞奔。我们有热情有梦想有力量，以为自己势如破竹，不可阻挡。

可是，一旦遇到瓶颈与挫折，有许多人就开始左顾右盼，心神不宁。半途而废的是大多数，会给自己找个冠冕堂皇的理由——梦想撞在坚硬的现实上破碎了，总要养家糊口才能奢谈梦想啊……而事实是，太多人不过是因为无法坚持。

别再找理由了。你只是坚持不下去了，就承认好了。

一旦坚持的力量坍塌，就会自我怀疑，在纠结彷徨之后又开始为自己开脱，找个社会大众能够认同的理由，让自己“脱身”。这简直是一条不归路——梦想没实现，现实不甘心，一颗心总是吊在半空中，满腹遗憾，胸有怨气，晃晃悠悠，难以踏实。所以才会特别羡慕那些过上梦想生活的人啊。

那个曾经在半路上放弃的自己，沮丧地留在了原地。

这些我全部经历过，至少，思考过。

我曾经犹豫彷徨，曾经自我质疑，曾经在很长一段时间里，陷入梦想与现实的纠缠中不知如何自处。但是即便经历过这些，我发现自己还是很热爱这件事，所以即便在最艰难的时候，我也是如履薄冰地坚持。

在日子过得实在捉襟见肘的时候，我曾经做过某个房地产网站的兼职编辑，赚点外快让经济更宽松一点，如此一来，我就可以写自己想写的东西。

当你想要坚定地做一件事情的时候，你会想尽一切办法，走下去。

雨水充沛的夏天，我家的院子里杂草丛生，十分茂盛。

天气晴好的下午，我去拔草。最开始，我弯着腰，两手并用，觉得有无限力量与信心，行动迅猛。

没过一会儿，就腰酸背疼，动作越来越慢，责怪自己自讨苦吃——蚊子很多，满身都被叮起了包包。

这时，我想起小时候，看到农民们在田地里拔草或者割麦子都是蹲着的。于是我也蹲下来，两只手依然左右开弓，蹲着看似走得慢，但实际上一直在前行，因为踏实而有效，坚持得也就更久。

我们许多时候都会遇到艰难与挫折，觉得自己选择的这条路不好走，想要放弃，想要拐弯，想要……最初的兴奋与热情挥洒殆尽之后，剩下的是无休止的挫败感与痛苦，无奈与纠结。

这时，不妨放下那些好高骛远，放弃那些长篇大论，实现梦想并不是多么伟大遥远的事情，不过就像是拔草一样，是透过一点点最普通的积累才能够实现的。

路不好走?

那就走慢一点。哪怕再慢，只要你一直是在向前行走。

慢慢走，扎实而努力，不轻言放弃，选择了就头破血流地去试一试，才有可能看到成功的彼岸。

不是每个人都能实现梦想。

但我相信，坚持，是不可缺少的理由。

时间给了我一盒巧克力

这些年，走过许多弯路，也错过了无数美好，甚至蹉跎过时光。令我庆幸的是，当我接过时间给我的这盒巧克力，我不再焦虑惶恐，更不会惴惴不安。

同事从国外旅行回来，送给豆豆一包巧克力，五彩斑斓。

拿了一粒黄色的递给他，我打开一粒蓝色的，是浓浓的酒味；豆豆让我尝尝他手中的那一粒，是另外一种甜蜜滋味……我看看那包五颜六色的巧克力，心想：也不知道那些巧克力又会是什么味道呢？

许多年前，《阿甘正传》中的那句名言曾经流传开来："生活就像一盒巧克力，你永远不知道自己会得到什么。"

彼时的我，完全不理解这句话是什么意思——一则见识少，我们吃过的巧克力每一盒都是同一种口味；二则生活简单清澈，无非就是上学、长大，幻想着以后可以找一份好工作，有一个幸福的家庭，可是这其中会经历什么？一无所知。

到现在，才渐渐明白那句话的意思。

是的，生活就像是一盒口味繁杂的巧克力，在吃下去之前，你真的不知道自己将得到的是什么——是甜蜜，是苦涩，是顺利，是艰难，是快乐，还是煎熬？

我们永远不知道自己将要面对的是什么，看似玄幻而宿命，实则又充满无尽的希望。

我的第二本书《最好的时光刚刚开始》出版之后，朋友们曾经开玩笑说："没想到策划了一年多的书居然到现在才出。"我也是，感慨良多，继而告诉他们："你们可知道，我真正写的第一本书，到现在还没出版呢。"

哗！

大家七嘴八舌，我却没什么感觉，从前的焦虑急迫，早已经被时间过滤掉了，剩下的更多是坦然面对。

许多事情，走着走着就变成了这样，那我就去相信吧，遇到什么就是什么，一切都是最好的安排。

我们每个人，要经历多少次这样的淬炼与打磨，才能淡然理解那一句"时间就像一盒巧克力，你永远不知道自己会得到什么"。

小时候，好好学习，奋斗努力，被父母跟"别人家的孩子"比来比去，我们总以为自己会有一个光明的前途，可是哪怕一个老师对你态度是否和蔼，都会影响到你的心情继而影响到你的学习成绩，我们的生活哪里是坦途，上面遍布着无数的小石子啊；更不要提长大后，就读的专业，求职的目标，进入的行业，职场的环境……一切的一切，带着一颗火热的心来到这个世界的我们，却发现，下一秒要面对的是什么，我们都不知道。

唯一能做的，不过就是面对与接受。

读高二时，我一想到高考就紧张得无以复加：若我一时疏忽做错了一道题，那么错失掉一分，都可能改变我的命运啊！这样的“恐吓”，老师不止一次跟我们讲过，根深蒂固，继而变成了一种潜藏在心中的恐惧。

可是又能怎样？该要面对的时候，总是要面对吧。

反而到了高考的时候，整个人都放松下来，因为之前已经足够努力，剩下的就交给命运吧。

遇到一些深陷在痛苦中的人，我都不知道是否该同情他们。

有的人不肯接受自己的出身，平凡的家庭无法给予更多的资源支持，对他们而言成了一辈子的伤痕，听过那么多励志故事，他们却选择相信每个背后都是“成功厚黑学”，为自己的不努力找借口，颇多怨言，归根结底还是怪出身平凡。

有的人觉得自己的命运不好，谈了不该谈的恋爱，嫁了不该嫁的人，遇到了不该遇到的事，最后一切都成了错误，堆成了堆，怨天尤人，心烦意乱……无心生活，自然也就无心改变人生。

让一个人安于现状固然不对，但是坦然地面对现状、平静地接受现实并且通过努力去改变它，总不算错吧？

这些年经历过那么多反复与曲折，有时候想来，真是有趣极了。想做的事情，有很多并没有实现——高考终于没有进入那所最想去的大学，毕业后终于没有成为最梦寐以求的电台主持人，终于没有去大都市长长见识，没有在偶像“成名要早”的召唤下出书成名……

时间给了我一盒巧克力，我接过来，有一些真的是酸的涩的，味道不够甜美。

又怎样？这是我要面对的，我就必须去面对啊。除了面对，我还可以接受、还可以改变，不是吗？

在那些“不顺”中，我读了自己喜欢的专业，进入杂志行业，写着写着，写到现在，心态平和，眼光坚定，竟觉得比年少轻狂热切癫狂的时候，要好很多。

因为文字渐渐通了心，从小我看到大世界，渐渐也就看到了众人。

这所有，我都以为是意外之喜。

也许，它们最初是那些酸酸涩涩的巧克力，只是我在时间的淬炼之下，在无数的历练之中，渐渐成长，我付出的努力也渐渐改变了它们的滋味。

这些年，走过许多弯路，也错过了无数美好，甚至蹉跎过时光。

令我庆幸的是，当我接过时间给我的这盒巧克力，我不再焦虑惶恐，更不会惴惴不安。我只是淡定地接过来，慢慢吃。

我相信，我能品出它最好的滋味。

是独立女性，也能岁月静好

真正优秀出色的女性，不但能够享受独立自强的感觉，也能体味到岁月静好的快乐。

在宜家的自助提货区，我费了九牛二虎之力才把一包货搬进购物推车里，第二包更大更沉的怎么都搬不动，我筋疲力尽，气喘如牛，只好另外想办法，找来一辆低矮的适合拉大件货物的推车，总算把那些大东西推到了结账区，又推着它一路横冲直撞左躲右闪地去了发货区。

40 分钟后，我坐在 COSTA 里喝咖啡刷手机，等朋友吃饭，看起来风轻云淡，岁月静好。

批判“岁月静好”不知何时成了一种流行，尤其是朋友圈里那些晒晒花儿拍拍下午茶的女人们，动辄就成了另外一拨人批判的目标：要么是在装，要么是在秀，再或者，根本就是在消耗别人的辛苦，来成就自己的岁月静好。

我自己，不算是个女汉子，但“独立女性”这四个字还是担得起的。

我工作，哪怕有一天不上班，也能养得起自己；我能够打理各种大事小情，大到工作合作，小到家庭物业；我肩能扛手能提，不超过能力范围的体力活做得还蛮多的……我喜欢通过自己的能力，把生活一点点变成我喜欢的样子。

而同时，我也喜欢岁月静好，怡然欢喜。

我会在周末睡到自然醒，做个芝士蛋糕，用最喜欢的茶器在院子里享受春光喝个下午茶；我时常偷空去花市，买几束鲜花，摆放在家中的角落里，偶尔瞥见都是满满的好心情；我写文章时，不但喝茶，还会点一支伴月香，惬意到心醉；我每年都有出游计划，烟花三月下扬州，抑或在西湖边上喝杯咖啡，享受暂时出离的快乐……

我从来不觉得独立女性就该满脸焦虑紧张兮兮，我们会工作也会生活，会拼命也会享受，这才是真正丰富有趣的生活。

而最有趣的莫过于，夏夜加班到凌晨，喊着三两好友在微风中吃烤串喝扎啤，是穿越枪林弹雨后的风轻云淡，疯狂又甜蜜。

我妈跟我完全相反。

她做了一辈子的家庭妇女，用现在比较时髦的词是，全职太太。她年轻时做过一两份临时工作，只有几年时间，其余的大部分时间，她待在家里，照顾家庭，做些零散的手工活。

小时候，我爸在几十公里之外的学校任教，周末才回来待一天。所以，大部分时候我们家只有母女三人，相依为命的感觉。

有个冬夜，天很黑，风很大，躺下没过多久，我妈突然胃疼。这是她的老毛病，家里常备着药，但是那天吃过药之后一时没有起作用，她疼得大汗淋漓，痛苦呻吟。

我和妹妹都很害怕，又不知该怎么办，尚不懂事的妹妹很紧张地问“你会不会死啊”，我妈居然还开玩笑：“如果我死了，你记得去告你爸爸，说是他不管我们……”我妹说：“好。”我妈还问：“你打算怎么告他？！”她们你一句我一句地瞎扯，我手里捏着一把汗，不敢说话，不知道她会疼多久、多厉害。后来胃药发挥作用，我妈说“没事儿了”，我们松了一口气，相继入睡。

第二天，她一早喊我们起床，催我们吃饭、上学。她在家里忙忙叨叨，到晚上我们放学回家，她会做好晚饭，催我们吃饭、做作业、睡觉，一如往常。

很多她的同龄人都表达过对她的艳羡，因为她嫁给了有文化、当老师、能赚工资的人，不必像其他农村妇女一样在田地里卖力干活，不必风吹日晒过早衰老。她只要照顾好我和妹妹就可以了，家里主要的经济来源是我爸的工资，多好！彼时，好多人都带着羡慕的口吻跟她说：“你看你，皮肤这么好，身材也好，穿什么都好看！我的脸晒得这么黑，穿什么都不好看！”我妈的确爱美，喜欢买衣服，但凡她看上的衣服穿上一定好看，她为此很得意。

她最得意的，是她的生活。

她对自己人生的每个阶段都表现出很满足的样子，尽管她很少表达，但她的内心幸福感一直很足。哪怕是捉襟见肘借债给我和妹妹付大学学费的那些年，也是如此。她总是乐观积极的，很少听到她抱怨什么，更没唉声叹气、愁眉不展的时候，她很少羡慕别人，大多数时候想的是怎么在能力范围内过得足够好，这对我后来的生活观有很深的影响。

放在今天，她大概会是人们说的那种“岁月静好女人”吧，男人辛苦赚钱，她在家里带带孩子做做饭买买衣服聊聊天就过去了，不是吗?

而实际上，她一点都不闲。

带两个孩子本身就是很辛苦的事情，她还时常做些手工活贴补家用，她还要照顾她年迈的奶奶和尚未成家的弟弟；因为我妈比较有空，所以哪个姨妈家农忙需要帮手，她一定是最先被想到而且也一定会去帮忙的那个，周末的时候还加上我爸……我妈为人爽快，做事利落，很少纠结，所以尽管她不认识太多字，大事小情我爸都会跟她商量，而且她拿主意的时候很多。

后来我爸调回来工作，一家四口的生活平和而温馨。而我记忆中最美妙的时刻，就是晚上睡觉时听着父母在另外一个房间里絮絮地说话，早晨醒来时，仍然听见他们絮絮地说话，听不清内容，但是知道他们有商有量，温馨和煦。

这一直是我心目中婚姻幸福的范本。尤其是我也走进婚姻许多年之后，尤其是朋友告诉我结婚多年之后跟丈夫除了每天吃什么、做什么这些再也没话可说之后，我更加觉得父母那清晨夜晚絮絮地交谈是多么可贵。

若是模糊地说，我妈妈做了一辈子家庭妇女，没有“自己赚钱买花戴”，但毋庸置疑，她跟我爸一样重要，是我们家的精神支柱。

真正优秀出色的女性，不但能够享受独立自强的感觉，也能体味到岁月静好的快乐。

最重要的是有把自己和生活打理好的能力。无论你是在职场奋斗，还是在家里忙碌，都是如此，甚至，一个全职太太的付出与辛劳，一点都不比一个上班族少。

讲到底，我们努力奋斗，辛苦劳作，除了要在社会立足，在职场上有一席之地外，最重要的不是为了换回有一天可以岁月静好吗？

可以全身心地拥抱生活，可以有时间慢慢品一杯茶，有心情低头闻一朵花，可以有能力出门去看看世界，换一个角度看待生活和自己。

人生赛场上，
站在起跑线上的只能是你自己

不管有没有师傅，在人生赛场上，最终依靠的只能是自己的勤奋、努力、坚持和隐忍，首先你得是千里马，然后才有可能遇到伯乐。

我不止一次遇到过这种情况了，这一个很典型。

这位读者朋友发消息给我说：“小木头，我也想写文章，我也想做个公众微信号，让更多的人看到我的文字，关注我！”我回复说：“好呀，写吧！”这位读者朋友又发来一条：“可是，我怕被人笑话！”

我竟无言以对。

最初遇到这种情况时，我一般都是鼓励有加，甚至端着满满的鸡血劝人家喝下去，说什么“你要先开始写啊”，什么“你不练习怎么会进步呢”，还有“你不开始怎么知道自己能不能做好”，各种我认为有用的建议。

但是，后来许多人的反应让我意识到，对于我认为的肺腑之言，在他们眼里更像是不痛不痒的心灵鸡汤，或者毫无用处的励志鸡血。他们认为自己不缺这些，而是缺一个能手把手教他们技能、引他们入门，最好还能够把他们送上成名快车的伯乐或者师傅。这个师傅啊，最好能够教他写文章该如何立意，行文该如何遣词造句，甚至什么时间写作会比较有感觉，往哪里投稿会比较稳妥受欢迎，若能够一鸣惊人自然是最好的，所以做个公众号是许多人最初的选择，能不能坚持，却是另外一回事。

看过太多这样浮躁而草率的“求教”之后，我渐渐也疲沓、厌倦了。

但我对他们的做法是理解的，毕竟，我曾经也产生过类似的心情。

2012 年，我在好朋友叶萱的引荐下，认识了出版人亚娟。

彼时，我写字很多年，随笔也写了两三年时间，但大部分都是给杂志撰写的专栏，并没有系统规划，处于一种坚持写但杂乱无章的状态。

写得久了，自然也希望能够更上一层楼，譬如出书，譬如系统地写作。

所以，在我们见面之前，我曾贸然地给亚娟发过微博私信，大意是希望能够得到她的指点和启发，以后在写作这条路上走得更远——她在出版业浸淫多年，对于当时的我而言，当然是非常理想的前辈、引路人这样的角色。

亚娟的回复是这样的：“写作得靠天赋还有勤奋啊，多读书，多练笔。还要看领悟。其实写作我一时半会儿也说不清，主要靠个人跟写作的契合点了……”这条回复至今还在我的微博私信里。

时至今日，才能够非常深刻地理解这段回复，因为每一条、每一点都非常对。今天的我对其他写作爱好者能给出的建议，也不过是这几条。

但说实话，三年前收到这条回复的时候，我不能说不失望，因为我觉得这更像是几句糖水话。努力啊，勤奋啊，这些谁不知道？！说白了，我难道不是希望她给我多一点关注，甚至给我指一条捷径可以让我迅速走上写作的坦途吗？！

我当然是。

唯一不同的是，我因为非常热爱这件事，所以还是坚持默默地写，摸着石头过河，不知道往哪里投稿会好那就到处投，不知道能不能出版成书，那就先写得足够好再说。

先把自己能做的事情做好，总是没错的。

我们心里总希望能够找到捷径，希望伯乐突然发现自己的才华——甚至，那可能连自己都尚未发现的优点被别人笃信，那是一种非常大的幸运，惊喜的人生。

但是大部分情况下，这只是一场白日梦。

一个人即便是才华横溢，大部分情况下也需要付出时间和忍耐等待成功之日；更不要提大部分人都是才华平平，唯有靠努力、靠勤能补拙才能弥补那些天赋上的不足。

把希望寄托在一个引路人、一个伯乐，或者一个师傅的身上，是特别不靠谱的事儿。举例来说吧，就好像是：你没有岳云鹏的才华和坚持，却总希望碰到一个郭德纲给自己当师傅。

岳云鹏成名后曾提及，他当服务员时被郭德纲发掘带入相声圈。但他半路出家，很多人不待见他甚至排挤他，哪怕他天天勤学苦练，哪怕他扫地擦桌子，也没有什么改观。

有一天德云社开会，讨论是不是应该让岳云鹏离开，郭德纲说了一句话，让岳云鹏一辈子难忘。郭德纲说："小岳就是给我扫一辈子地，我也认了。"

这段小插曲，在小岳岳红透半边天时再拿出来讲，非常心灵鸡汤，非常令人感动，是不是？

但若是我们再想一想，郭德纲闯荡江湖那么多年，若是岳云鹏没有过人之处，他会这么笃定地发掘他、教导他、留下他甚至力捧他吗？

说到底，站在起跑线上的，只有我们自己。

不管有没有师傅，在人生赛场上，最终依靠的只能是自己的勤奋、努力、坚持和隐忍，作为芸芸众生的我们，不能把希望寄托在别人身上。最起码，首先你得是千里马，然后才有可能遇到伯乐。千万不要把这件事搞反了，他们的作用只是锦上添花。

而唯有你自己，先站在起跑线上，把自己该做好的事情做好，付出该付出的心血，你先迈出自己的脚步，跑出自己的漂亮姿态，才有可能看到前方的风景，才有可能遇到半路的引路人，才有可能获得更多的资源和帮助。

你让自己值得被帮助、被成就、被坚信，接下来的事情，才有可能顺理成章。

要知道，努力是不分年龄的

努力是不分年龄的，虽然付出努力却未必一定能够达成所愿，但是只要你付出过努力，就一定会有属于你的收获。

我刚大学毕业进入杂志社工作时，非常开心，因为那是我很喜欢的一份工作；但忐忑也非常多，单位里各种人员的身份不同、待遇不同，作为一穷二白没有人脉也没有后台的年轻人，少不了会有几分不安。

在一个什么场合，突然听到有人提“你有没有想过没有自己的职业规划是什么”——虽然不是针对我的，但我脑子里“轰”的一下蒙了几秒钟，因为我从未想过自己的职业规划。

当时我只想毕业之后留在这座城市，做一份喜欢的工作，至于五年之后我是什么样子，十年之后我要做出什么成绩，这些都未曾考虑过。

这个词像是一根刺，扎进了我心里，留了很多年。

对一个职场人而言，你如果有职业规划，就意味着有清晰的目标，走起来会更坚定，方向更明确，过关斩将，披荆斩棘，走到一个你想要的境地去；而若是没有，大概就会像我一样，凭着自己的喜欢和热情，这么低着头走，走到拐弯处，当然也会心情起伏一下，调整一下，继续往前走。

如果有可能，我还是会建议我周围的年轻人，尽可能早一点找到自己喜欢的事情，从事自己感兴趣的工作，然后有职业规划，但这件事说起来容易做起来难。

很多人在年轻的时候，尤其刚踏入社会的时候根本不知道自己想干什么——上大学时候的专业可能是家人或者师长朋友推荐他们报的，毕业之后若是不从事相关专业又觉得太浪费时间了，总之，很多时候都是这么凑合过来的，到真正痛苦的时候，又一下子找不到方向，这种情况比比皆是。

如果前方渺茫，不知道该去向哪里，而且又觉得身不由己，怎么办？！这是我之前时常会思考甚至焦虑的问题。

我的答案是：做好眼前的事，再去想你的未来。

好像，除了做好眼前的事情，除了把你现在能做的事情做好之外，并没有其他更好的办法可以抵抗你的焦虑，可以铺垫你的未来。

小时候我爸总说我“无志之人常立志，有志之人立长志”，那时候我每次考试不尽如人意，就咬牙切齿地发誓我下次一定会考得更好，好像发誓立志这件事就能够在不远的将来实现一样。

而实际上，考试几天之后，当时发奋努力的心情成了过眼云烟，成绩再一次不尽如人意，于是就继续发誓立志……

二十多岁的时候，身上还有类似的毛病，觉得前路茫茫看不清方向的时候，也曾咬牙切齿地想：我一定得做出一点成绩，混出个什么样子来啊！然而转头去焦虑去烦躁去浪费时间，哪里有可能实现呢？

《孤独的小说家》中，作家耕平四十岁了，入行写小说已经十年，但除了获奖的处女作曾经获得过关注与加印之外，十年里出版了十多本书，每一本都默默无闻，甚至到了第十年，有的书首印还要被减少（首印指的是第一次印刷的数量，对于不可能有加印的作家而言，首印版税差不多就是他拿到的全部稿费了，至关重要）。

他也迷茫，也彷徨，也曾为了房贷和生活发愁，也曾私下里思考，如果不当作家了，自己还能做什么工作呢？真的是愁肠百结啊，许多时候自言自语，失魂落魄。

做一件事情，兴趣与爱好是驱动力，但是能够促使我们做下去的，还要有努力、坚韧、毅力，以及机会。

耕平的出版商这十年里越来越少，他很担心有一天出版社再也不肯出自己的书，又该怎么办呢？！他为这些事烦透了心，但又无计可施。喃喃自语，郁郁寡欢之后，他还是要日复一日地写下去，因为这是眼下他能做的事情，尽力把它做好，然后再去发愁未来吧。

如果只想着诗和远方，而不顾眼前的苟且，大概真的是痴人说梦吧？！

写了十年的耕平，为了爱好，为了生活，为了儿子，以至于到后来别人给他的作品至高评价的时候，他都有点不太相信，后来又在心里想：也许这十年中，自己的文字功力真的有长进吧？！——这个部分，我特别喜欢。

虽然付出努力却未必一定能够达成所愿，但是只要你付出过努力，就一定会有属于你的收获。这是我一直坚信的。

对于耕平而言，不是最初一炮而红，不是书籍加印，而是不知不觉中文笔的进步。

而更多的人收获的可能是职场经验、工作心得，哪怕是坎坷，都是财富，因为你爬过一座山，下一次就不会怕它；你走过一次弯路，下一次就不会走同样的弯路。

生活不是小说。不是每个人都能像耕平一样，终于苦尽甘来，大获成功。

更多的我们，可能仍然会在平淡如水的生活中，在充满烦恼和琐屑的工作中，步履艰难地前行。但是心中的迷雾，会因为你的认真执着而慢慢退散，那些不确定的因素，会因为你的笃定而消失。

曾有网友问我：找不到工作，心里很烦躁，怎么办？！

我想，能做的大概就是，好好地认真地写一份简历，找你感兴趣的公司投出去，认真面对每一次面试，认真争取每一次机会。

烦恼解决不了问题。而努力，有时候可以。

努力是不分年龄的，每一个我们，都有机会。我写了十年文字，34岁才出版第一本书，对我而言这是刚刚开始呢。许多人比我年轻，比我有才华，为什么还不去做你能做得最好的事情而要把时间浪费在担忧和烦恼上呢？

我们都还年轻，都还有机会。

所以，加油，内心年轻的青年们！

那些无论何时都有勇气颠覆一切重新开始的人，往往都有过人之处，他们不把自己禁锢在某个标签里，不会在悠长的岁月里，任自己的梦想坍塌，不敢动弹。

做一只优雅的刺猬

PART 4

你不合群……那挺好的

敏感的人，成为一个从众者会非常痛苦，压抑个性，还要心不甘情不愿假装盲目地跟着人家走，一半清醒一半糊涂才是最累的。

我是一个很敏感的人。

这种敏感的外在表现不是特别明显，好多时候，只有我自己能感觉到内心那轻微的“一动”——特别知己的朋友能从我眼角眉梢里体察到，但这样的朋友少得可怜。

也是因为这份敏感，我并不是一个多么合群的人。

从小到大，我身边都有一两个好朋友，却从来没有过真正地融入一个大圈子或者身边朋友特别多的情形。我似乎很难进入那样一个场景，大家一起纵情欢笑，热闹非凡，我是人人，人人是我……

作为一枚苛求完美的处女座，我在小小年纪时就意识到这个问题了，甚至为此苦恼过。但，又能怎么办呢?

约要好的同学结伴上学、放学，课间跟其他同学一起玩橡皮筋、丢沙包……小女孩们能做的不过是这些。小学的一个周末，我们几个女孩还一起去过一处河滩玩，回来的路上买了奶油冰激凌，非常好吃。

我对于这件事的记忆几乎都停留在冰激凌的美味上，为什么去又怎么回来的，全都不记得。明明，我是为了成为一个有好多朋友的人，才会做这样的事情。

我们小时候，都会抢着跟学习好的同学交往，向她示好，渴望得到她的回应，就好像是白雪公主和她的小矮人一样。

并不觉得当小矮人有什么不好，重点是周围还有其他小矮人，还有白雪公主，好像拥有许多朋友，就拥有了全世界一样。

到十四五岁，我突然就开始习惯不合群这件事。

因为做什么事情，都好像不能跟别人一样。当时有个特殊原因是，我爸恰是我就读那所中学的校长。

不知道别人遇到这种事情如何处理，对于我，首先要面对的就是汹涌而至的各种压力——我要更努力考好成绩，不能给他丢脸；我要举止得体大方，不能让他因为我而脸上无光。接踵而至的还有，周围的同学对待我的方式。这是很难说明的感觉。

但后来几乎是在一夜之间，我突然明白这种微妙，也会站在别人的角度上去理解为什么会有意无意地“孤立”我。

彼时，我的同桌是个高个子女生，头发很长，大眼睛，说话声音也很大，个性活泼外向。我们两个很要好，上课下课都腻在一起，少女时代那种典型的浓情蜜意，有时会找来一把指甲刀，给对方剪指甲，这是很亲密也很自然的举动。

有一次，我请她帮忙剪指甲，她颇有点为难地对我说：“我以后不能帮你剪指甲了，别人会说我……”她没有说出后面的几个字，我却骤然明白。

进而是愤怒。我觉得自己的感情被亵渎了，我们之间真诚而纯洁的友谊，怎么可以被这么世俗无聊的眼光束缚呢？！

愤怒的结果就是，我从那之后再也不跟她说话了。

这种简单粗暴的处理方式，最初令她很受伤，她尝试过各种方法跟我重修旧好，我却从未动摇过。一直到初中毕业，要分别了，我才重新跟她说话，但感情早已不复往日，连普通同学都不如，我甚至早已记不起她的名字。

我并不是责怪她，从过去到现在，我都没有责怪她。我只是有一种无明业火，为这种莫名其妙地被孤立，为她竟会如此在意别人的目光，为自己交往的朋友居然如此懦弱……从她开始，我想：既然我不能合群，那个群也不太适合我，那，就这样吧。

那个“群”里，没有我想要的东西，每个他都不是他，是另外一番面目，而我却不能变成另外一个样子。

我曾经尝试过去努力，比如努力成为大家都喜欢的那个人，后来发现这真的很难，大概需要有天生而持久的魅力，像是一种密码，未必人人都能持有；我也试过成为有很多朋友的人，这也很难，“朋友”的概念如今变得模糊而暧昧，偶尔凑在一起吃饭喝酒吹牛是朋友，时常凑在一起讲八卦说算计互相增加负能量也号称是朋友，可我想要的是哪怕不说话也可以赖在一起的那种朋友……

总之，最初发现自己的努力总是会面临失败的时候，也是会沮丧的。

可是，如果要让我停下来，成为一个别人讲八卦的时候津津有味地听着而不去做自己的事情，或者要去参加没什么意思但可能会显得很热闹有很多人参与的饭局的时候，我真的做不到。

那还是不合群吧。

久而久之，就成了一个总是在游离状态的人。

有很小的互相交叉的朋友圈，有属于自己的交往朋友的方式，有自己各种隐秘的小原则，不感兴趣的事情一律拒绝，哪怕被鄙视被翻白眼被认为“不合群”，我也没关系。

不知不觉中，为自己争取了许多时间与空间，不用疲于应付，不必违心地叫好或者捧场，更不用心口不一地去做不想做的事情。不合群的好处，原来是在真正独立强大的时候，才能体会到呀，我在心里偷偷地高兴着。

不合群的我，时常一个人去吃饭，打发工作日的午餐。常常，我背着包，晃悠进一家面馆，要一个小碗的牛肉面，加一份牛肉。然后心满意足地把那一碗面吃掉，心想：真幸福啊。

偶尔看到有人惊讶地说，能够一个人吃饭的人，内心都好强大！

我想了想自己，也没什么特别的，我只是不想说话，不想勉强约人，只想安静地吃顿饭，有力气，去做接下来的事情。

可能经过我身边的人，会忍不住侧目：“这个女人居然自己吃饭……”不知道后面还有什么样的潜台词，可我完全不在意啊，我早已经不是二十年前的那个会对同桌的优柔愤怒的小女孩了。

这就是我啊。

为什么我对这件事从最初的非常介意到现在都完全不介意呢?

大约，是我真正明白所谓知己难求。

这个世界上有许多同类，他们也许不在你的身边，他们懂你又走心，哪怕不在一起吃饭，哪怕不能时时陪伴左右，可是心中总是惦记着，不欢歌笑语，不呼朋唤友，也很好。

而有些所谓的群，却很有可能会吸走我的热情，让我变得盲目，爱攀比，心口不一，变成一个“从众者”。

我这么敏感的人，成为一个从众者会非常痛苦，压抑个性，还要心不甘情不愿假装盲目地跟着人家走，一半清醒一半糊涂才是最累的。

索性，就去做一个不那么合群的人，清清爽爽，很是自在。

如果你是一个不合群的人。

那，挺好的。

成为你自己，就是最棒的事。

我不是你的好朋友

时过境迁，“好朋友”被滥用到了无以复加的地步，成了一张随手撕过来的便利贴，贴在某个人的身上，只是为了一点功利心。

也许有一天，“好朋友”这个词，会泛滥到成为一种心领神会的贬义词。

好可惜。

多年前，我还是一个涉世未深的记者，替杂志访问一所培训学校的校长，除了有些夸夸其谈，校长给我留下的印象还好，客气、善谈。

杂志出版后他给我打电话，说报道他很满意，又说，他有位认识多年的好朋友是非常知名的画家，想要出一本自传，但他太忙没办法自己写，但又不想随便找个人，所以，“我把你推荐给了他。”他说。我想，那就谈谈看吧。

在见画家之前，校长约我先谈一次，聊起这位“好朋友”，说起他如何飞黄腾达，到处都有他的作品，个人画展举办了很多次……突然，他话锋一转，开始讲画家年轻时的落魄潦倒，饭都吃不上，若不是自己施以援手，恐怕今天就不会有这样一位成名的画家了。后来，“好朋友”时来运转，有了名气，现在很有些摆谱儿……言辞之中，颇有愤懑之意。我心下一惊：“他们真的是好朋友吗？”

后来，画家途经这座城市，校长拉我去见他。我除了刚到时跟画家打了个招呼外，再没有同他沟通的可能，在一堆陌生人的觥筹交错之中，尴尬万分。不到十分钟后，我就起身告辞了，说等有机会再详聊吧。

隔天，画家给我打电话，开口就大骂那位“校长好友”，说“他有病”，本就不应该带我去那个饭局，乱哄哄的怎么谈正事儿？又说：“我们以后不要让他牵线搭桥了，他不是什么好东西……”

至此，我对这两人的好朋友关系有了真正的了解。

这件事我很快就委婉而坚决地拒绝了，实在不想跟这两个人有更多的交集。

他们这一挂的好朋友，大约，相识于清贫落魄之时还好，但日后你发达了我势利了，你占我一点便宜我算计你一点儿的事情多了，久而久之，在心里翻了脸，连普通朋友都算不上，只剩下彼此的利用与算计。

在那之前，我一直以为“好朋友”是个亲密坚固的词，透露的是岁月的味道，对彼此人格的高度认同，在艰难的时候相互扶持互相陪伴，在幸福的时刻会不由自主地想起彼此，会想要跟对方分享……我一直这样认为。

我高中住校，刚开学时特别想家，度日如年。有一天，一个陌生的本校老师来找我，问我还适应吗，若有事儿可以去找他。他是我爸二十年前的同事，听说我到这里读书，特意来关照的。后来跟我爸说起来，我爸连连点头，“我们两个年轻时候在同一所学校教书，关系不错。”

他们甚至没说彼此是好朋友，但这才是我理解中的好朋友啊。

时过境迁，“好朋友”被滥用到了无以复加的地步。就像是从前的“美女”“亲爱的”，成了烂大街的词。成了一张随手撕过来的便利贴，贴在某个人的身上，只是为了一点功利心。

我有位主持人朋友吐槽说，有个人四处对别人说跟他很熟，是很好的朋友。而实际上，他根本不认识对方，是哪门子好朋友?

还有时候，“好朋友”是当面被贴上的。在社交场合遇到一个并不熟的人，却突然挽着我的胳膊热情地说“这是我的好朋友”，我只好微微笑，跟人家打招呼……后来我才辗转知道，她对我的印象甚至都谈不上好，提起来要翻白眼的那种，我只能“呵呵”。

以后但凡能提前知道她会出现的场合，我都会尽量躲过去，因为……我不是你的好朋友，我也没有义务配合你演戏。

我的好朋友S先生喜得贵子在朋友圈发了照片，我很替他开心，除了发个红包，说声“恭喜”，心里的很多喜悦都不知怎么跟他表达。

我跟S先生认识有二十年，是初中同学。离开中学后，我们的人生轨道完全不同，更不要提踏入社会之后，在完全不同的圈子里过自己的人生。忘了最初我们为什么会成为朋友，但后来这些年里，我们可以跟对方分享自己的喜悦，一起回忆过往，他从未对我冷嘲热讽，我对他的所有选择也永远都是理解和支持。

他从前现在和以后，都会是我的好朋友。因为无论什么时候，我都知道他对我是真诚的、直率的，是带着十几岁时的那一份诚挚穿越到当下的时光的。

如今许多人口里所谓的“好朋友”，更像是一张烫金的名片，用来代替早些年“我认识某某某（大人物）”或者“我跟某某某（大人物）在同一个饭桌上喝过酒”而已。

想起来，也真是可笑。

大概是我们，太可笑。

活得咬牙切齿的人，不会很快乐

很多事情，并非一定要走极端，尽心尽力就好。经历的事情越多，见到的人越多，就越清楚地知道，人的局限、时间的局限，以及许多事情的局限。

我死都不会穿条纹！噢，圆点也不行，怎么会有人把这个当流行？！

她居然穿一条短裙搭配短丝袜，如果是我恨不得一头撞死，打扮这么 Low 怎么还会出门啊？！

我觉得这个男人实在是无可留恋，我一定会离婚，我受够了！

我的工作简直就是一团糟，我早就待够了，这次我死都要辞职！

……

以上这种类型的话，是我在生活中听到或者是在微信公号后台收到的。

虽然各种状况不同，但是听上去总是过于咬牙切齿了一点。而这种喜欢咬牙切齿地生活的人，大都不那么快乐。

高中时，有段时间我把厚厚一本成语词典从头到尾看了一遍，许多成语是平时极少见的，也有一些我很喜欢，最喜欢的就是——安之若素。

当时年纪小，情绪起伏大，尤其在许多事情不尽如人意时，譬如考试成绩不好，譬如被老师批评了，譬如感情上受挫，就觉得灰心丧气生不如死，真的会咬牙切齿地觉得自己真是Loser，考不到第一还有什么脸面在学校里待着呢，诸如此类。

每到此时，我就把“安之若素”拿出来咀嚼几遍，对我还是有些用处的，会慢慢平息情绪，慢慢让自己重新复原过来。

渐渐明白，好多事情并不随着我的意志为转移，除了努力做好自己的本分之外，也只能宽慰自己安之若素了。

虽然很难做到真正的安之若素（一辈子能够修炼到这种程度也实属不易吧？），但是有许多时候，心里觉得被抚慰了，也不会那么痛苦纠结。

一直到前几年，我对情绪这件事有了更多的了解和观察之后，才发现：所谓安之若素，不就是让我们放下情绪，去面对事情本身吗？又或者，它不正是让我们学会淡然处之，而不总是咬牙切齿充满戾气地面对艰难及不喜欢的人和事吗？

在我成长的那些年里，遇到过很多喜欢咬牙切齿地谈论事情的人，我对他们的印象并不好。

我妈的一位朋友，总是喜欢咬牙切齿地讲她的满腹委屈。据说她早年上过一些学，有点墨水，但是嫁得又不算多好，所以许多年里都非常不快。

谈论她的丈夫，嫌他太蠢太笨太懒，简直没有比这更差劲的男人，恨不得……

谈论她的儿女，总是不遂她的意，无论她付出多少努力和辛苦，他们总是不够好，恨不得……

又或者，谈论总是跟她明争暗斗的邻居，不是遮挡她家的阳光，就是放出来狗咬死了她家的鸡，恨不得……

她的“恨不得”后面是许多诅咒，加上她的语气中总是有一种恨恨的决绝，所以随便听一两句都会感觉到，这个人活得实在太不开心了，而且还会一直这么不开心下去——她并没有打算跟丈夫离婚，儿女再不争气她也一直庇佑着他们，邻居肯定不会搬走的，他们吵吵闹闹一辈子也是有可能的。

想想都替她难过。

她的咬牙切齿，在很大程度上是在发泄情绪，但看效果却并不好，情绪一直没有真正发泄出来，因为她永远都是恨恨的状态；她也并没有真的鼓足勇气去改变现状，只是一边斩钉截铁地厌恶着她生活中的一切，一边又投身其中难以自拔。

每个人的生活都有许多不得已，并不是随随便便几句话就能改变的。但在某种程度上，她的咬牙切齿加重了她对生活的厌恶，而因为自己无力改变现状，所以她其实也很厌恶自己，以至于对任何事情都有非常强烈的反应，同样的事情在别人那里激不起任何涟漪，在她那里，就会是惊涛骇浪。

长大之后会发现我们曾经指天发誓，又或者斩钉截铁说过的那些话，并不是真的能够实现，再回头去看时，甚至觉得自己蠢。

年少时投入的一份感情，觉得非他不可，非他不爱，遇到挫折时恨不得去死，心中想的是这辈子大概也没什么更有意义的事情了吧？！——结果是，你可能还是会遇到一个人，跟你牵手，和你相爱，与你一起度过余生。偶尔，你还是会想起年少轻狂时的激烈，但已经成了嘴角的一抹笑，那个你深爱过的男孩，他过上了没有你的生活，活得也很好。

想要做成的某件事情，你咬着牙说一定得做成啊，否则我就没有办法混下去了，就譬如说一定要考某所大学——到最后，终于没有如愿以偿，可是人生也没有真的山崩地裂，你仍然可以去另外一所不那么理想的学校，重新找一个目标去努力和奋斗。你未必比考上理想大学的那个自己差。

人生不是一朝一夕，翻山涉水，柳暗花明，尽力而为，但也要学会安之若素。

从前看到说中国人奉行“中庸之道”，还觉得很不服，难道人活着不是应该快意恩仇，非黑即白，非爱即恨吗？！

而如今却发现，自己早已经在生活中渐渐放下了这样的念头，许多事情，完全没有那种想要画一条线来讲讲清楚到底是对是错的想法了。

真的是渐渐中庸了啊。好多事情，并非一定要走极端，尽心尽力，仅此而已。

经历的事情越多，见到的人越多，就越清楚地知道，人的局限、时间的局限，以及许多事情的局限。

此刻的不好，未必就是以后的不好；而现在的好，也未必就是永远的好。

只不过我们身在其中，常不知所终而已。

但无论如何，还是不要成为一个咬牙切齿过生活的人，过得太剑拔弩张是很痛苦的事情，那样的人很难快乐。

成为能够坦然面对自己自私的人

每个人都自私，但我们要警惕那个自私得理直气壮的人。

我的朋友浮生创业时，遇到过一个奇葩女子。

每次提起，温文尔雅的浮生都咬牙切齿：“她不只是自私，简直是无耻！”

这个女人跟浮生有些生意上的往来，合作了一段时间之后，浮生对她产生了一些信任感，因此到后来她提出“每次都结账很麻烦要不先卖货再付款”的建议时，浮生也就同意了。

差不多一年后，女人的生意收摊不做了，而浮生在这么长时间的货款也被她“翻篇儿”了。于是，他开始了艰难而漫长的讨债之路——

最初，女人接电话时还敷衍一下，说“我记账本找不到了，你等我找找”。

后来，她说浮生说的数目不对，她需要再核实一下。

再后来，电话不接，短信不回，凭空消失一般。尽管浮生打听到了她家的地址，但又不想为了几万块钱做出上门逼债的事情，所以仍旧隔三差五打个电话，发个短信，有理有据地要她付清货款。

这么拖了几个月，她偶尔还是会接电话，但出言不逊："你如果再给我打电话就是骚扰我了……账本我找不到了……有本事你告我去！"从巧舌如簧到泼妇无赖，令浮生唏嘘不已。让我们不解的是，她欠债不还还如此理直气壮，到底是哪里来的底气？！

浮生说："自私呗。她说自己做这个生意没赚到钱……所以，以她的意思，她欠别人的钱也不打算还了。这是一个神逻辑。"大概她也不觉得自己做了多么大的错事儿，利己主义占了上风，总觉得别人少了这点似乎也不会怎样，而自己多了这一点，好像能过好一点似的。

遇到钱的事儿，任谁都会敏感一些，人的自私在这里显露无遗，自然也就更考验个人的品格与道德水准。

太过自私自利，会成为一个人的毒，慢慢令一个人变得面目可憎。

二十多岁的时候，有段时间我对摆摊特别感兴趣，每天下班后，我就跑去小区门口的夜市摆地摊，卖一些家人帮我进的T恤之类的小东西。

头两天很顺利，没做成什么生意，但可以见到各种各样的人，跟他们的聊天说话也很有趣，好玩极了。但到了第三天，我就遇到了迎头痛击——那天我刚把东西摆好，过来一个长相彪悍的中年女人，黑黑胖胖，留着寸头，她恶狠狠地说我占了她的地方，非让我搬走！

我脸皮嫩，又是初来乍到，虽然知道这里是约定俗成"谁先到谁占地"，但跟她讲了几句之后发现根本没法沟通，我就干脆搬走，另寻他处。她占的地方很大，东西却很少，仗着无赖欺负人罢了。

这些年，这张脸还时常出现在小区门口的集市上，我眼看着她变得更丑陋、更难看，她还是留着寸头，满脸横肉，还在摆摊，眼神翻飞之间仿佛有两个小算盘随时在心底盘算着……可悲的是，十年过去了，她终究没有过得更好。

我曾脑洞大开地想：坏人会觉得自己是坏人吗？

大概在某些时刻会吧。

当他们知道自己做的事情可能遭到法律制裁的时候，这一道红线，越过去就是错的；但还有时候，一些小事儿，需要人们以道德和品格约束自己，或者不会面临遭到什么惩罚的时候，就好像没了对与错的标准。

譬如欠了浮生货款的那个女人，她知道浮生不会为了那点货款劳师动众去法院告她，所以赖了也就赖了，脸皮厚一点，嘴巴毒一点，就可以占别人一点便宜，好像蛮合算。再比如那个摆摊的女人，她也不是什么坏人，只是讨生活时强悍了一些而已，所以：我哪里是坏？赶你走又怎样？

这种在“生活不易”包装下的自私，让许多人的自私变得更加坦然，有人为了升职可以四处散播谣言也不觉得有什么不妥，我也不容易啊我也得养家糊口啊；有人为了追求自己所谓的幸福可以去破坏别人的家庭也没什么愧疚，我是在追求真爱啊我也有权利啊；有人为了……我们说要找到真正的自己，很多人就找到了真正自私的自己。

每个人都自私，但我们要警惕那个自私得理直气壮的人。如果可能，将他们剔除出自己的人生。

但，到最后，我们每个人都要过内心那一关吧。是对是错，是好是坏，到最后，都会在夜深人静面对自己的时候，有一个评判。

说过的谎话，似乎可以修炼得面不改色心不跳，但你心中终究知道那是谎话，而且也会忐忑这个谎话将会带自己去向什么样的地方；背后搞过的小动作，看上去好像很平常，可是总归知道那是“暗事”，也在心中更加惶恐会不会被人这样算计。

我们至少还是得成为一个在心中不会被自己鄙视的人，坦然面对自己内心的时候，不会有那么多躲闪与惶恐，不会想糊弄过去。

我知道，我们都自私。但是我很努力地想要把自私控制在自己夜深人静扪心自问也不会觉得愧疚不安的程度。

出于本能，我希望自己更好，获得更多资源，但是我不会为此去伤害别人，无论是工作还是感情。

如此，我才会活得更通透、更自然、更舒畅。

愿我们都能够成为坦然面对自己的自私的人。

我不小气，唯独想跟你计较

一个人要做到无私的确非常难，心胸广阔，有大格局的人才会真正不计较小事儿，而人如果太自私，也的确会让周围人退避三舍。

阿小曾经是我的“朋友”，但是后来我疏远了他。

最初，阿小是朋友的朋友，枝枝蔓蔓，偶尔我们会碰到、会见面，慢慢几个人熟悉起来，五六个朋友时常小聚，周末吃顿饭、唱唱歌，把这当成是忙碌生活的一种放松，相聚甚欢。

但突然有一天，我意识到了一个从前没注意的细节：每次聚会轮流付款的人中，从来没有出现过阿小。

那时候我们认识已经超过两年了。

在这两年里，我们聚会十几二十次，大家都是约定俗成地轮流买单——这次你付了饭钱，那么待会儿 KTV 是另外一个人结账；下一次，又会是其他人……这其中从未有过阿小的身影，而他从未落下过任何一次聚会。

我搞不懂他是有心，还是无意，我们这些像他一样辛苦赚钱的人都在自觉地买单，不因聚会给某个人增加过重的负担，而他从未走向过收银台却还经常炫耀自己年终奖有多少，自己买的那辆新车真的很不错！

意识到这件事的时候，我心里觉得挺无聊的：我怎么开始算计这种事儿了呢？

这种算计让我觉得特别没意思。而引起我这种算计的心思的朋友，更是再也不想见了。

我们不会跟一个真正的朋友计较一顿饭钱；同样，一个真诚、亲密的朋友，也绝对不会只顾自己大快朵颐，却假装不知道你荷包里掏出来的是辛苦钱。一个人小气，是因为他认为对方不值得自己付出——时间、金钱和精力，皆是如此。

为什么我们愿意赠送礼物给喜欢的人？我们想用这样的方式来表达心意、感情以及懂得。而当我们送出礼物的时候，绝对不会在心里计较“他会回赠给我什么”，收到礼物的时候也不会私下里盘算“比我送给他的是便宜还是贵呢”。

那种彼此之间的喜欢与理解，令付出是心甘情愿的，就不会有计较。

我看过一篇文章，从心理学的角度解读爱情——爱一个人，是因为可以看见自己。你在你爱的那个人那里，可以看见自己的灵魂。文章认为，我们总是在不停地去印证自己灵魂的存在，而爱上另外一个人，也是一种方式。看见自己，对我们每个人而言，都是非常重要的。

看完之后，我突然有点理解为什么自己那么不想见阿小了——我从他的身上，看到了自己也有斤斤计较、小气巴拉的一面。

我不想做这样的人。但是他的存在，激发了我这方面的潜在性格。那种“噢，既然你那么小气，也不要怪我计较”的心态，会油然而生。

有些人的确会以他们行为处事的方式来激发我们的负能量，当阿小不动声色地躲过多次付账引起我不满的时候，我在内心就偷偷把他拉黑了，因为他根本不值得我交往。一个人，要做到无私的确非常难，心胸广阔，有大格局的人才会真正不计较小事儿；而人如果太自私，也的确会让周围的人退避三舍。

哪怕我不计较钱，我也会为我心中动过的“算计”的念头而疏远一个人。

就当是我小气吧，我愿意为我这种小气买单。

抱歉，我拒收了你的不善之意

只要我不去在意，那么他从阴暗角落发射出来的那些墨汁般的恶意，就会像碰到墙壁的弹力球那样弹开，不会给我任何影响。

微博上看到俩段子，挺有意思。

一个是“琦殿”写的：必须接受这个事实，有的人出现在你生命里，就是专程给你添堵的，没有任何和解的可能。千万别在这事儿上折磨自己，反思是不是哪里不够客气，考虑如何退让才能与他和平共处，你唯一需要检讨的，就是为什么还没有让他快点滚出你的人生。

一个是“小野妹子学吐槽”写的：“玻璃心”三个字，是最狠毒的语言暴力。它把所有对恶意攻击的防卫，都一竿子打成心胸狭窄。须知人心都是肉长的，比玻璃还要脆弱。没有人活该忍气吞声被你横加指责，从哪来你就滚回哪里去吧。

两个段子的最后都是让某种人滚，我虽然用了“拒绝”，但是呢，基本上也是同义词了。

微信公众号写了几年，收到过很多亲爱的读者正能量满满的留言，但偶尔也会收到莫名其妙脏话连篇的消息，我一般都是“呵呵”后拉黑的；但也遇到过有些人，当我想拉黑他的时候，却发现他已经“取关”，噢，纯粹是为了来恶心我一下才出现的呢。

而我能做的也只有拒收他的恶意。

只要我不去在意，那么他从阴暗角落发射出来的那些墨汁般的恶意，就会像碰到墙壁的弹力球那样弹开，不会给我任何影响——也可能不是弹回到他身上去，但是，我不会接球的。

年轻的时候，我们总是喜欢解释，尤其是当自己被别人误解、质疑的时候，总是迫不及待想要去解释、去澄清、去说明。

可是慢慢长大后，越来越不爱解释了。

懂的人自然也就懂了。不懂的人，解释再多，也没用。

有时候，人们的误解、质疑往往来自偏见和执拗，是那种“我就想误解、质疑你又怎样”的心态，所以，辩解对他们是没有任何效果的，那不是他们想要的结果。真相也不是他们想要的。

你如果很当真，很在意，反而是对自己的一种伤害。

有一天我收拾东西时翻出来几本从前帮读书会的朋友们团购书时余下的作者签名书，大概是我粗心不小心放在角落里忘了。

囤着也是浪费，何况有不少人喜欢签名版书籍，于是我发了条朋友圈，以书的定价卖出去，包邮。

那几本书，很快就被朋友们抢购一空了，我觉得还挺有成就感的，好心情地继续整理。

后来，看到有个女孩以“呵呵”的语气酸溜溜地说：“呃……那个书的原价就是 36 元吧？！”

我察觉到了她的意思，像是一阵凉丝丝的风，虽然不算多大的恶意，但也绝对不是什么善意。我深呼吸一口气，回复：“原价 36.元，可是作者签名本啊，我给包邮啊……我写明了啊。”她又回了两条：“哦，原来是签名本，那就不奇怪了。”“哦，我没有展开看。”

我几乎没有犹豫就把她从微信里删除了。我不会跟断章取义、冷嘲热讽的人成为朋友。

那种酷爱评论别人的人我也会尽量远离，尤其是一些恶意评论员——不知出于一种什么心态，他们对好多事情不满意，喜欢拿着放大镜一路走一路看，看到别人的一点缺点、瑕疵或者纰漏，一定要第一时间冲上去，批评、指责、谩骂。

可悲的是，他们的评论与指责，往往来自狭窄的心胸与短浅的目光，偶尔还来自急躁的心情，断章取义，毫不客气。

这种人一旦出现在我的视线内，陌生人的拉黑，熟悉点儿的疏远，反正不是一路人，我何苦听你唠叨找碴打扰我呢?

我是不能跟这样的人做朋友的，但也不会与这样的人为敌。

他们会有无限的精力与时间，能够以超长的耐心缠斗下去，就像是英国小说《摆渡人》写的那种吞噬人灵魂的魔鬼，在黑暗的角落里伺机而动，吞没掉你的阳光与快乐。

真可悲。

我能做的就是，视而不见，就像是拒收一个莫名其妙的快递，只要我不接受，它就不会成为我的包袱，不会成为我的痛苦。

这样的人，这样的语言，这样的暴力，像是恶意的流弹，呼啸而来。若是你在意了、上心了，反而可能被击中，于是你愤怒，你解释，你澄清，你被缠住，被偷走很多时间和好心情，真是不值得。

英剧《黑镜》中有一集讲在科幻的世界里，人们可以屏蔽掉那些自己不喜欢的人——哪怕他在你身边，哪怕他对你大喊大叫，哪怕他企图影响到你，你都完全感觉不到。

他对你而言，就是一团模糊，而他想要制造的痛苦，也不过是一种幻想，根本伤害不到你。

我们在生活中遇到的挫折磨难已经够多了，所以我们尽可能更好地保护自己的时间、精力、心情，不要被那些莫名其妙诡异的人和讨厌的事打扰。

这不是玻璃心，这是正当防卫。

年轻不该是你犯傻的资本

不要以为自己会永远年轻，也不要寄希望于随便度过这两年，一切就会水到渠成梦想成真，你要成为真实的你自己，而不是白日梦里的那个“你”。

高中时，有一天我去邮局给班里订阅杂志。有个三十岁左右的工作人员帮我处理好之后，我说“谢谢阿姨”。转身时，我听见她很不开心地跟旁边的人说“啊，她居然叫我阿姨”。我心下一沉，觉得很不好意思。

过了几年，我上大二，勤工俭学发超市传单时迷路了，遇到一个四十多岁的女人，想起旧事，我心想“大概女人都喜欢被人喊得年轻一点吧”，于是鼓足勇气上前去问：“大姐，我问一下某某路怎么走啊？”她白了我一眼说：“什么，你叫我大姐？！你看我多大岁数了叫我大姐。”我当时就傻了，只好说“对不起”，仓皇而逃。

这两件小事像是一次小小的呼应，形成了我对青春时期的认识——常常陷入尴尬，常常无所适从。

十几岁到二十岁出头的时候，总觉得自己无所不能，可最后总发现自己一无所长；总觉得自己会前途光明，可是后来看两手空空，那种巨大的希冀和巨大的落差之间，久而久之成了内心垂头丧气的影子，一路挫折，一路捶打，一路锻造，一路长大。那时候的尴尬与烦恼，只有当事人才心知肚明。

而年轻总是会陷入这种无所适从中。

还没从天真的世界里走出来，可是看起来已经长大了；还不够熟悉成年人心知肚明的各种小九九，可是已经不是小孩子了。更重要的是，根本还没搞懂自己是谁，尤其是真实的自己时，就总是异想天开地觉得自己前途不可限量，于是常常陷入一种尴尬的境地。

有个大学女生问我："木头姐，觉得跟大学女生相处好麻烦，一个人效率很高，可是如果谁都不理会不会太独了？"

有个小朋友则说，自己之前认真准备了一次赛事，周围的同学、朋友都帮忙做了很多准备工作，可是临到比赛 TA 退缩了，不战而逃。而眼下 TA 又兴冲冲地组织了一次活动，招兵买马之后发现事情根本没有想象的那么简单，痛苦又纠结。

还有个女孩儿说，她个性偏内向，从小就不喜欢依赖父母或他人，但是她希望自己能够更开朗一点，也能够跟别人亲近一些，做不到的时候就觉得很沮丧。

……

每一个他们，都能让我看到自己从前的模样。或者，许多的我们年轻时候的模样。

尤其是在十八九岁时，心中有一些迷茫，偶尔有些彷徨。那时候，对自我认知还不那么清晰，甚至我们并不知道自己需要多多练习跟真实的自己相处，却寄希望于一夜之间就能成为“梦想中的自己”，这怎么可能不拧巴、不痛苦呢?

高中时大部分时间都被学习充斥着，没有太多时间胡思乱想；而大学时代，时间多了，空间也大了，很多人就会沉浸在白日梦中。

总有人相信，自己什么技能都不积累，就有可能在日后功成名就，飞黄腾达。总有人相信，这世界上有免费的午餐且恰好就落到了自己的头上。有一天看到一篇报道里写着多名大学生陷入“分期骗局”，他们相信提供身份信息让别人拿去分期付款买手机，自己就可以毫不费力地赚取几百甚至几千块，最后却因此背上了各种贷款。总有人相信，自己可能欠缺的只是一个一鸣惊人的机会，所以打算处心积虑多认识一些所谓厉害的人，多参加一些所谓能够扩展人脉的活动……书读得不多，肚子里的墨水不多，会做的不多，懂得更不多，扎实努力的实践不多，除了自命不凡的白日梦多之外一无所长的人，搞不懂为什么会那么自信地觉得自己有资本可以成功呢?

年轻当然是资本，可以做梦，甚至可以犯错，可以因为一无所有而做许多无所畏惧的尝试。

但是年轻不是犯傻甚至装傻的借口。

总有一天你得长大，得从混沌中醒过来，你得走出校门，用你的技能和你的能力去打拼，去面对你真实的人生，去面对真实的自己。

茶博会的最后一天，我去小逛了一下，门口负责填表领证的小女孩是几个大学新生，在讨论大二大三怎样怎样。我心中暗暗感慨：这种打工他们一天只能赚几十块钱，但这是不是浪费青春呢？

不是应该找更好的实习机会去为未来做铺垫吗，不是应该多读一点书给自己增加一点积累吗，不是应该……踏入社会以后，要你出卖甚至透支自己的时间、精力来换钱的时候多得是，何必这么着急把该学习的大好青春都花费在这些事情上呢？

也许是我站着说话不腰疼，也许他们真的需要一点零花钱，买他们需要的电子产品，买漂亮衣服，因为总有人比他们穿得好用得好活得好。

攀比的结果可能永远是失望。面对真实的自己，才有可能找到真正的平静的满足感。大学时，我发了两三次传单之后，就作罢了，因为赚到的那点零花钱不能解决我内心的困惑和烦恼，后来的课余时间，我宁愿去图书馆，宁愿写些不知道什么时候才能被别人看到的文字，宁愿安静地我行我素，然后慢慢成为我自己。

年轻真好，但年轻的时候也容易犯傻。

不要以为自己会永远年轻，也不要寄希望于随便度过这两年，一切就会水到渠成梦想成真，更不要逼着自己成为一个你根本不可能成为的人。

最重要的是，你要成为真实的你自己，而不是白日梦里的那个“你”。

痛苦莫过于，你的才华配不上你的任性

一个人只有对自己的才能足够笃定、有底气，才有资格任性。

前几年有段时间，我特别想辞职，非常非常想。

也说不出特别具体的原因，工作是我自己找的，单位里的领导和同事也蛮好的，工作环境相对宽松，事情也做得很顺手……但我，突然对上班失去了兴趣。

我念叨了两次后，克莱德先生问我说："那你想过没有，辞职之后你做什么呢？"

我摇摇头，说不知道。我从大学毕业就在这里工作，除了在这里上班，除了采访、写稿，我不会做别的呀。

那么，辞职之后，要么回家无所事事地待着——当时我还没有非常系统地写作，所以大部分时候可能是百无聊赖地待着；要么重新找一份工作，仍旧朝九晚五，可能从环境到内容都不如我正在做的这个……到最后，这件事不了了之了。

后来我想，如果我是一个单身的女孩，如果没人很恳切地问我"那

你打算干什么”这种问题，我很可能会任性地辞职。哪怕我不知道接下来会做什么，但我当时所有的念头都是“我在这里日复一日做相似的工作，有什么意思呢，我应该做更有趣的事情啊”。

而以我当时的境况看来，辞职之后最有可能的情况是，陷入另外一种更巨大的痛苦和焦虑之中。我会发现所谓的自由根本不是如虎添翼，而是在发现自己一无是处之后，陷入另外一种恐慌。

因为我没有足够的才华，配得上那种任性。

跳槽几次的朋友给我讲，他每次觉得自己离开那个糟糕的工作会过得更好一点，但折腾了几次之后他才意识到，自己会的只有那么多，能做的也只有相似的工作，所以再换一个公司，还是差不离的环境，还是差不多的职位与岗位，最后是自己疲惫不堪，棱角都磨没了，再也不敢谈什么“年轻可以任性”了。

相反的例子当然有。几年前我特别艳羡一个女孩的传奇经历，她从小是品学兼优的孩子，考了全额奖学金出国读书，毕业后在金融行业里工作，待了几年之后辞职全世界旅行，这期间一边做志愿者一边写书，旅行了几年之后考了另外一所世界名校继续读书去了……

一个人要达到随心所欲甚至看上去有些任性的生活，要么特别努力，要么才华横溢，这样的故事在一个普通人身上几近作死，在她这里却是云淡风轻。

当我们的才华，配不上我们的任性时，就会成为痛苦之源。

从小到大，我都是任性的典型。任性的人，个性标签比较明显，而且还特别珍惜自己的所谓棱角。这是把双刃剑，有好也有坏。

好的是，我们会坚持做自己喜欢的事情，譬如我中考时坚决不考中专，一定要考高中上大学，高考填志愿的时候谁的建议都不听，一定要选自己喜欢的学校读自己喜欢的专业，哪怕落空了我也不后悔；毕业之后也是，没听辅导员的建议去考选调生，去了喜欢的杂志社工作，但同学聚会时都不好意思提起自己的薪水有多低。

坏的一面是，过于任性的人，常常会不顾自己的能力有多大，才华有几多，总是异想天开甚至一厢情愿，这种不匹配会带来很多痛苦——一直想去追逐远在天边的美梦，却又没有足够能飞起来的翅膀。

我不后悔从前的每一项选择，但是在眼下的生活中，我却能清晰地看到这种痛苦，正在源源不断地冒出来，在我们的工作中，在我们的生活里，在我们的感情里。

早前我认识的一个男生辞职去骑行了，据说爱上了西藏，辞掉工作，一走了之。

类似的故事听说得太多，我们已经不怎么谈“羡慕”了，倒是对于他的任性有一种无法判断的感觉——如果是自己可以承担起各种责任，从安全到经济，全都能一力搞定，当然没问题；但如果这种任性，是以牺牲家人的幸福感为代价，就有待商榷了。

这个男生决定当独行侠时，已经结婚几年，孩子两三岁，他是家庭经济来源的主力，无论从照顾孩子还是体谅妻子的角度而言，他的任性都有点过了。

尴尬的是，大半年他再次回来之后，据说是习惯了那种自由自在的生活，很难再朝九晚五回归到从前的生活，求职不顺利，自己创业又没能力和经济实力，很长一段时间里，只能靠零碎接一些外包的活儿来赚点家用。

婚姻质量也大打折扣，他离开的时候，妻子一力撑起一个家；如今他回来，也没有太多帮助，加上两个人在沟通上有些问题，前途堪忧。

并不是所有的人生阶段都要步步算计好，但对于自己能力的评估、才华的衡量，还是应该有个基础认知，年轻时一无所有当然可以凭一时兴起，可以拿出所有的勇气和努力去拼一拼；但如果有了家庭的责任，有了更多的负累还如此任性妄为，痛苦的就不仅是一个人了。

一个人只有对自己的才能足够笃定、有底气，才有资格任性。

当你一无所长的时候，只凭着任性去横冲直撞，除了头破血流之外，你会发现自己在岌岌可危中更加需要强烈的认同感、安全感及其他的一些东西，而这些你很难通过别人获得，自己又无法给予……渐渐就成了一团情绪，成了许多麻烦，成了痛苦之源。

踏实点，做好眼前的事；真诚点，面对真实的自己。努力做好眼前的事，追逐心里的梦，我们都可以拥有自己梦想的生活。

有时候，讨厌比喜欢更重要

因为讨厌一些人，讨厌一些事，才能学会自省，学会审视自己，学会改掉性格中的那部分自己都讨厌的因子，学会站在别人的角度想事情。

一个很多年没什么联络的男人，突然辗转联络到我。打来电话，加了微信，非常热情地说：“好久不见呀，我们一起吃饭啊，你还好吗，我经常想起你啊！”

我说：“我挺好的。”——我们之间的情分，仅止于此，不能再多一分。

曾有人在微博提问：“为什么有些人你明明觉得看透他了，却从未跟他翻脸？”

评论里，有人说是礼貌，有人说是伪善，还有人说，不过是中国人好面子的习惯在作祟罢了。

这个重新跟我联络的朋友，大约就属于这一款吧——也不是要不要翻脸的问题，只不过就是逐渐疏远，划分界限，成为彼此世界之外的人。

我们因为工作结识，还算投缘。后来工作完结，偶尔碰到时我像是一个热情的傻瓜，会认真地问“哪天有空一起吃饭呀”，他好像总是很着急离开，淡淡地说“好呀”，然后赶紧走开；我打过一两次电话，他却多一个字都不愿意说，总是淡淡地“嗯”……两次就够了，足以让我知道我们不是朋友这件事。从此我就回归到陌生人的角色。这种感觉很好，彼此都没有负担。

但他再次主动联系我时，这微妙的平静被破坏了，当他的声音重新穿上热情的外套，当他不再淡淡地只说几个字，当他很认真地问我哪天有空的时候，我感觉一切都被破坏了，恼怒地想：为什么非要重新联络我呢?

以伪装的热情爽朗的态度，穿越时光，好似这些年我们从未陌生过，好似我们一直是朋友呢。你不过是我生命中的一个过客，我于你，也是这样的角色最好啊。可是你偏偏要那么热情地问东问西，嘘寒问暖——我想：这恰是我讨厌的样子。

我知道自己多讨厌这种“用到时热情无比、用不到时冷若冰霜”的人，所以会在心底一再提醒自己，我不要成为这样的人。

我要真诚地对待我的朋友，我会细水长流，我不会玩弄虚情假意，我不想成为一个各种面具放在手边，需要时随时戴上就可以变成另外一个人。

我讨厌假装相信和传播流言蜚语的人，讨厌那些说话别有深意的人，我讨厌那些暗藏着某种含义的笑容，我也讨厌那些窃窃私语，那些添油加醋。

我曾经相信“清者自清”，直到我看见“众口铄金”，才相信有时生活真的很不容易。职场里的和乐融融背后，常常是风起云涌，笑意盈盈下面，掩盖的是彼此的打量与算计……大多数时候，我沉默不语。我知道，我听到的关于别人的这些流言蜚语，有一天，可能也会变换一个面目，在我的身后流传，而那些传言的主语，可能会换成我。

为什么流言会有伤人的力量？

是因为每一个传播流言的人，都给它增加了一种武器，让它变得“似乎更可信”，道听途说到最后成了言之凿凿，始作俑者固然可恨，但假装无心的传播者也难辞其咎。看似无心，实则有意。

我讨厌这些，所以我会提醒自己，不要去成为其中的一环。也许不得不听到，但可以不传播。

我讨厌的事情蛮多的。

我讨厌夜半三更被无关紧要的消息吵醒，即便我忘了关机是个坏习惯，但是拿芝麻蒜皮的小事儿来打扰别人挺 Low 的；我讨厌言必称“我认识某某某”的人，眼睛里写满了给自己贴金抹粉的欲望；我讨厌什么事随口答应言之凿凿却完全不放在心上，甚至不守信的那种人啊……

从前我认为，喜欢很重要。

如今我发现，讨厌，也很重要。

因为讨厌一些人，讨厌一些事，才能学会自省，学会审视自己，学会改掉性格中的那部分自己都讨厌的因子，学会站在别人的角度想事情。

我不想虚伪地感谢我讨厌的那些人，大部分人我早就把他们拉黑了，懒得应付半句。

我想，先从做自己不讨厌的人或者事开始，是成为更好的自己的一条途径吧。

至少，于我是这样的。

拒绝要干脆，做清爽通透的人

我们碍于情面而拖沓敷衍的许多事，最后都会把我们的情面伤得体无完肤。

我曾经“炮制”过一件很尴尬的事儿。

那是很多年前，我们打算买一处房子，四处看楼盘，A 楼盘是其中之一。朋友恰好认识在 A 楼盘工作的 C 小姐，很热情地把她的电话给了我，还主动跟对方打了个招呼。

C 小姐并不是售楼人员，但当时他们在“全员营销”，所以她名下也有营销任务，因此她对我买房这件事很热心、积极。

通了几次电话，我通过她了解了些大致情况，也去看了一下楼盘的情况……但我一直没好意思跟她说“这只是我们的备选之一”的话。

而实际上，看过两次那个楼盘之后，家人就觉得不合适，劝我们放弃了。

C 小姐给我打电话时，我一定是没清晰地告知她，所以当她后来非常直接地说“我只是为了完成任务，提成可以不要，你们房子就可以更优惠一点”的时候，搞得我更不知道该如何开口了。

但这件事拖得越久，我越痛苦、内疚、自责，觉得辜负了她的真诚和坦率。

到我不得不明确回绝她时，我非常痛苦，在床上滚来滚去，不知道怎么开口——觉得给她添了麻烦，给她希望又让她失望。这一刻，我特别后悔自己没有从一开始就跟她说明白“我们只是想先了解一下”，痛恨自己的处理方式。

最后，我像是一个逃兵，选择了发短信，似乎只要不听到她的声音，我的心里就会舒服一点，给她带去的伤害就会少一点。而实际上，当然不可能。

这件事情过去许久了，我仍然记得在床上滚来滚去的自己，哀号着“我怎么说啊”，克莱德先生觉得惊诧“你就直接告诉她啊”……可是我却做不到。

我对自己一开始没有明确说明白、事后又碍于情面不好意思拒绝的处事方式感到万分沮丧，从那时起，我开始鼓励自己干脆利落地说“不”——想做的事情就迅速点头，不想做的事情也要迅速摇头；有些事情在开始之前就先讲好规则，定好规矩之后就坚持下去，而不是事先什么都不说，遇到问题就一团糨糊，无法理清。

闺蜜打算给小朋友换幼儿园，她认为正在上的那所私立幼儿园的园长处理事情的方式有问题，可能是性格上的缺陷也未可知，总之，她怕影响到孩子，还是早点撤出为好。

导火索是幼儿园组织的一次野外实践活动，事先园长只是大致说让家长各自准备一些东西，到了现场才发现，没有有效的安排、准备，有的东西买多了，而有些必要的东西没准备，分工不明，乱成一团，不是少这就是缺那，家长和老师们的抱怨自然也就多了……这时候突然有个家长指出，在园长买的公用的东西里，有私人物品。

众人突然因为这不到十块钱的东西，变得尴尬、敏感起来了。家长们怨声载道，觉得她安排不够周全，还贪图私利；园长则满腹委屈，觉得家长们小题大做，自己忙前忙后很辛苦……之前和乐融融的氛围，画风突变。

我突然问："那，园长组织这些活动，会收取家长的费用吗，比如辛苦费、劳务费之类的？"闺蜜摇头。

我感慨说："她本来可以不这么劳心劳力地组织户外活动的，但是她组织了，就要为安全及各个环节负责，家长不必支付费用，却因为一点小东西闹成这样，是不是有点过分？"闺蜜正色道："她可以事先说明啊。她事先不说，大家都混着来，稀里糊涂的，总说到时候看情况、到时候再说，出现问题的时候，家长当然归咎于她。"

我点点头。

如果她事先把事情拎拎清、讲明白，可能会简单得多——要么她收费来组织、安排各项事宜，作为提供服务的人，任劳任怨是应该的；要么就说明白自己只是个组织者，让家长们自己分工协作安排利落，她可以乐得清闲，不是更好？

我们好像更容易在事后或者是在别人的事情上，看清楚问题。

换成是自己，也会同样稀里糊涂，一直走到岔路口不得不摊牌的时候，才后悔自己太蠢。

我们碍于情面而拖沓敷衍的许多事，最后都会把我们的情面伤得体无完肤。

因为自己的怠惰，一开始不把事情想清楚、搞明白，后来又因为性格上的软弱，逃避“拒绝”，这简直是雪上加霜，会给自己添很多麻烦。

我们都听说过很多朋友间合作最后反目的例子。最开始的时候一切都好，感情好，什么都不是问题，所以不必制定规则，不必讲究原则，很多事情可以妥协，可以退让。到后来，慢慢就有了嫌隙，已然来不及了，此时再谈规矩、讲规则，怎么都会带有私利的成分，很难谈得拢。久而久之，在心底互相埋怨，表面上也不再友好地虚伪敷衍，最后就是一拍两散。

我们中国人就是太讲究“情面”，而又总是为面子所伤。许多时候，我们会为了给足对方面子而在开始的时候笑嘻嘻地一切都是“好好好”，什么都是“行行行”，给自己挖一个又一个的坑……

何苦呢？！

扔掉那些累赘而多余的“不好意思”，就清爽明快地做人、谈事，坦荡而直接，这何尝不是真正的美德呢？！

远离那个大写的“性情中人”

许多自诩“性情中人”的人，大多数都是以“真性情”作为挡箭牌，来掩盖自己心中的暗黑，他们只是假装自己是真性情的伪君子而已。

儿时每逢过年过节，总能见到很多醉酒闹事的人。

这些人，大多一整年都在田间地头很辛苦地劳作，到了年节终于可以坐下来吃顿饭喝杯酒，推杯换盏，一不小心就喝多了。有些人酒品不好，喝着喝着吵起来，动手的也不在少数。

他们第二天醒酒了，头疼欲裂地凑到一起，讪讪地和解。常用的大概就是“我这个人就是说话太直，你别介意”，顺便恭维一下“你也是个性情中人”，然后勾肩搭背，把酒后吐真言的那些心里话都掩盖起来。

我倒是觉得，他们根本就是辱没了“性情中人”这个词，他们势利又不肯承认，小心眼儿又不想被看破，喝多了才敢说一两句真话。

也是醉了。

我私下里认为，小柳是我认识的人中最刻薄的一个，言语中随时放冷箭，很平常的一件小事儿在她这里都能挑出几根刺。当然，她常常杀得别人头破血流之后，尖着嗓子说“我这人就是太性情哈”。

女友小C跳槽成功，请大家吃饭庆祝，那天小柳也去了，一边挑剔饭菜这个不好那个不吃，一边说“哎哟，你以后可算是乌鸡变凤凰了”，一伙人都惊呆了——小C上学是优等生，毕业后工作随便挑，肤白貌美身材好，家世背景在一众人里首屈一指，怎么就“乌鸡”了?

小C脾气好情商高，没接茬儿，招呼大家说男朋友一会儿赶过来，请大家去K歌。小柳却接了一句：“你工作换了，男朋友也该换换了吧？”说完自己“哈哈哈”笑起来。后来看小C脸色不好了，她才收敛住笑声讪讪地圆场：“我就是说话直接，性情中人，想到哪里说到哪里，开个玩笑你可别在意啊！”

后来我私下问过小C干吗那么纵容她的过分，她说：“我是真的懒得跟她计较，她虽然不是真性情，但也是真可怜。”

小柳心比天高无奈命比纸薄，考研失败后家人给她找了一份她非常讨厌的工作，用她的话说是“生不如死”，却一直没有离开；恋爱谈了好几次，每次都是翻脸收场，她说话刻薄伤了人自己还不觉得，分手了又觉得人家欺骗了她的感情，所以总是自怨自艾；这两年家里逼着她相亲，却没有一个中意的……小C说：“你说，她都这样了，我还跟她计较什么呢？”

因为心里有大天地，所以这一点飞沙走石根本算不得什么；知道什么是幸福，所以也能谅解别人心中的痛苦。

这才是真正的性情中人，是真正的女神啊。

我所理解的性情中人，是直率的、真诚的、热情的、善意的，以内心的驱动来说话做事待人。

他们并不是肆无忌惮地做事，也不会口无遮拦地伤人。相反，他们有非常宽厚的内心，虽然是坦率以告，不会过多修饰与遮掩，但他们也懂得体谅别人，至少不会以假“性情”来伤害别人。

我们遇到的许多自诩“性情中人”的人，大多数都是胆小鬼、伪君子或者是真小人。他们以“真性情”作为挡箭牌，来掩盖自己心中的暗黑——看到别人意气风发，升官发财，幸福平顺，就忍不住嫉妒、挖苦、讽刺，因为自己得不到或者不够幸福，说说风凉话讥讽一下比自己好的人，暗暗地出一口“恶气”，总没什么大问题吧？不敢面对内心的小，也不敢袒露心中的所思所想，最后的最后，就用一个“真性情”来打马虎眼，好像总是能够得到谅解。

谁会把这种人当朋友呢？

我这个人就是说话直接，你不要介意哈——一个对朋友冷嘲热讽的人说道；

我是个性情中人，接触久了就知道了——刚因为一点小事儿骂完街就“漂白”自己的人在群里说道；

我不喜欢说好听的假话，你这种全职主妇就是温室里的花朵，你根本不知道独立女性的感觉——女孩冲着女朋友说；

你现在的这份工作简直是浪费生命，赚不到钱攒不到人脉，梦想能当饭吃吗？我说这些都是为你好——一个大腹便便的男人对着他曾经的大学舍友喷唾沫星子；

……

我从来不把这种说话刻薄的“所谓性情中人”当朋友。

我不缺朋友。

他们只是假装自己是真性情的伪君子而已。

守好你的界限

许多婆媳的根本问题是，搞不清楚自己的战场在哪里，看不清自己的界限，也不知道对方的界限是什么，总是混为一谈，最后就成了一团乱麻。

女朋友最近很苦恼。问题的根源是传承了几千年的“婆媳关系”。

她跟婆婆关系本来还不错的，是很理想的“婆媳之交淡如水”，相互帮助，又各自独立。交恶的导火索，是婆婆想搬进她家来住，而她不愿意。

这真是婆说婆有理，她说她有理的事情。

当初买房时婆婆掏的首付，有了孙子之后又帮忙照顾，接送上幼儿园，如今孩子该上小学了，婆婆提议自己搬进来帮忙接送孩子，这不是皆大欢喜吗？没想到遭到了儿媳的拒绝，婆婆自然是勃然大怒：“你这是用完我就要当垃圾扔掉吗？！”

女朋友的内心戏也很足：“你们帮忙很多，我感激不尽，但我们不能永远没有私人空间啊，哪怕帮你们在附近买一处房子也可以，但不能搬进我家！更不要提婆婆控制欲极强，什么事情都要指手画脚，我忍了好几年了，已经忍无可忍了！”

讲真，我都能想到婆婆听到这番言辞之后嘴角的那一丝冷笑啊，换作是我，也一定会冷笑着说："你现在想起来私人空间了？"

这好像是许多人遇到的难题，尤其是在目前社会背景和家庭结构下，如果没有老人帮忙照顾孩子，夫妻两个就必定有一个要放弃或者半放弃工作；以目前大部分人的收入水平，一个人的薪水根本撑不起一个家庭的支出；请保姆价格高昂可以先不讨论，安全性这些年也一再遭到现实的摧残……于是许多人不得已，最后还得求助于老人。

于是，遇到我女朋友这种难题的人，也就不在少数，只不过表现形式不同罢了。

婆媳关系，是世界难题。

当中国婆婆和媳妇在各种宫斗剧里学习技巧来对付看不顺眼的对方时，美国的婆媳们也在明争暗斗，至少，不是传说中那么互不干涉，两不相欠。

在美剧《傲骨贤妻》中，丈夫皮特因为嫖妓被关进去了，女主角艾莉西亚重返职场，成为忙碌的初级律师，此刻，皮特的妈妈、艾莉西亚的婆婆杰姬出场了。尽管不是力挽狂澜，但她也帮忙照顾孙子孙女的饮食起居，给艾莉西亚解除了后顾之忧，也是为儿子稳固了大后方——这是全家人共渡难关的温馨时刻，也透露出美国婆媳的关系。

但细节里看，更有趣。杰姬当然第一时间就原谅了儿子的不轨行为，她还会想方设法要求孙子孙女们去探望父亲，进而达成谅解；更不要提，她看到儿媳妇打扮得漂亮一点就狐疑地问"你要去哪里"，抑或语气酸酸地说“你下班也太晚了”，言谈举止与许多中国婆婆颇为相似，提防儿媳，袒护儿子。人之常情。

只是，艾莉西亚的表现，和中国女性就相去甚远了。

首先，她对婆婆的帮助表示感谢，婆婆充当了“救火队员”她才能够顺利地重返职场，这一点必须拎清。而许多中国儿媳对公婆帮忙这件事的默认设置是“理所当然”，感谢？有什么好感谢的，说得直接一点“这是他们应该的”，委婉一点则是“都是一家人还那么客气干吗”。这等于是自己先把界限模糊了，把自己小家庭的问题混淆成了大家庭的责任，为以后的矛盾冲突埋下隐患。

艾莉西亚的感谢和感恩，实际上也是一种态度：这本来是我和丈夫的责任，但现在我们自顾不暇，你能来帮忙支持我们实在太好，太感谢了——重要的是表明“这是我们的事儿”，婆婆是个“帮忙者”的角色。

主客观念很清晰的艾莉西亚，会谨慎、严格地恪守着自己的界限，婆婆的任何越界的小动作都不能逃过她的眼睛，一旦发现，她可不是生闷气或者跟闺蜜吐槽一番，回到家却因为要用到婆婆所以还是默不作声做乖巧状。

她从来都是直截了当地告知婆婆：“你不要拿小事儿试探我！不要企图干涉我的生活，这是我的事情！在我家的任何事情你都应该尊重我的意见，哪怕是你孙子孙女你也没有权利私自做主带他们做事情，我才是法定监护人！”是不是很酷？有理有据，合情合理。

令人惊讶的是，杰姬也没有翻脸，更没有像我们很多老人那样目瞪口呆之后大感委屈然后甩手就走，她的做法是，识趣地闭上嘴。她知道自己做的事情是错的，是不应该的。那些事情发乎情，她不得不做，而做了之后她知道是错的，面对指责时，也就会乖乖低头，为自己的逾矩买单。

艾莉西亚做得对，而杰姬心里也有分寸感，这才是婆媳关系的最佳典范——她们当然不是亲如母女，也没有那么多温情脉脉，但是艰难时相互扶持，悲伤时互相拥抱一下，总比虚伪地做戏给对方看要好太多。

现代社会，当然有许多婆婆知书达理，退休生活丰富多彩，懒得去操心孩子们的事儿，但也还有好多，以搅和儿子的家事儿为己任。

许多婆媳的根本问题是，搞不清楚自己的战场在哪里，看不清自己的界限，也不知道对方的界限是什么。总是混为一谈，最后就成了一团乱麻。

儿媳的战场本应该是在职场和自己的小家庭，而婆婆的战场则是自己的家庭和生活才对。现实情况则是，在第三代诞生后，年轻的父母们忙于工作生计，只能依靠老人帮忙照顾，于是本来就没什么界限感的老太太踏入了儿媳的领地，开始广撒网，多捕鱼，不知不觉中侵吞霸占了儿媳的领地，于是战争在所难免。

打篮球的时候，每个人都会心心念念往自己的篮筐里投球得分，无论是婆婆还是媳妇，重要的是在自己的战场做到最好，儿媳工作努力、孝敬老人、科学育儿、生活健康这些才是得分项，婆婆则是身体健康、帮儿女分忧、社交丰富等，两个人要把目光放在自己如何得分上，同时组织好防守，若是对方越界或者企图抢夺自己手上的篮球那不行，无论用战略还是直接对抗，都要表明态度，做出努力。

艾莉西亚和婆婆就是如此。她们每个人都在恪尽职守做好自己的那部分，而一旦婆婆试图插手自己的生活、控制孩子甚至还对自己的私生活指手画脚，艾莉西亚的标准动作就是摆摆手，态度坚定地说：“噢，杰姬，不要！”

但关系处理不够好的婆媳们，则搞成了足球比赛——她们一直试图往对方的球门里进球，在自己的领地受到侵犯之初不是很在意，毕竟把“获得更多对方的资源为己所用”当成第一目标的时候，这些是可以忽略不计的，而直到后方出现空当，被人家杀了个措手不及，才大呼小叫，失掉战场。

对于大部分年轻人而言，切记一定要往自己的筐里投球，要把自己的生活尽可能地打理好，若迫不得已必须向老人寻求帮助，那也要诚恳而有原则。不要最开始为了得到帮助，什么都“行行行”“好好好”，姿态放得很低，身段很柔软；而到后来看孩子的任务完成了，就突然变了脸，谈什么个人空间谈什么隐私了。中国老人本来就缺乏界限感，若是你一开始不划好线，出现问题时特别难堪头疼的人，仍然会是你。

还不如一开始就搞搞清楚，你懂得感恩，也要划出界限，你尊重老人，也告诉老人期望得到他们的尊重，事情就会更轻松一些了。

请对陌生人也好好说话

对家人好好说话，对朋友同事伙伴好好说话，对陌生人好好说话，对世界好好说话，你自然也就会得到世界好的回应。

去餐厅吃饭，若不幸邻桌是比较爱说话且又不好好说话的人，真是折磨。

情人节中午，我跟闺蜜去餐厅吃饭，几分钟后，旁边的桌子来了四个人——两位老太太和一对情侣。他们不但爱说话，声音特别大，而且基本上不好好说话——一个多小时里，我很被动地围观了他们许多次，一顿美味的饭菜也吃得如同嚼蜡，心情很不爽。

第一次，是听他们跟与一桌之隔的小情侣沟通抽烟的问题。

这桌的男人说了声“不好意思”，话音还没落，其中的A老太太已经高声嚷起来了：“这里有气管不好的，你们还抽烟，你们@#￥%……”老太太的声音在餐厅上空飘荡，震慑力极强，听着很聒噪。那对“90后”的小情侣没说话，默默地掐了烟，但老太太的怒火好像燃烧了很久才慢慢熄灭，餐厅上空还有硝烟未了。

先不说这家餐厅是否允许吸烟（他们吃的是烟熏火燎的韩国烤

肉），也不必较真这是餐厅的吸烟区还是无烟区，单老太太这沟通方式，就让人挺不舒服的。

礼貌而客气地说一句“麻烦你，我气管不好，请你们暂时不要吸烟好吧”又能怎样？如此一来，既能解决问题，在得到对方的积极回应后也会心满意足，不好吗？

明明可以好好沟通的问题，非得把话说得气势汹汹，非得火冒三丈，搞得好像自己受了迫害，苦大仇深。要求别人有公德心、尊老的同时，也该顺便尊重一下别人，注意一下说话的语气和态度才好。

第二次，是吃饭期间，B 老太太从包里拿出张银行卡，递给坐在对面的年轻女子，让她去结账。

那女子，大概是她的女儿，皱着眉头很厌恶地说：“你放起来，干吗？！”B 老太太嗫嚅着：“你拿着去结账啊。”女儿手一挥：“赶紧放起来，别叨叨了！”老太太只好把卡又放回包里，脸上是讪讪的笑。

这样的情形我们一定看到过无数次，甚至我们也经常做类似的事情，但作为一个旁观者来看，真的觉得很过分。

女儿完全可以跟妈妈开开玩笑：“这顿饭好贵的哦，你确定买单？”也可以直接拒绝：“说好了我们请客，你把卡收起来，好好吃饭吧！”总之，哪怕你用对朋友的态度来对待你的家人，也会好很多，是不是？

好像很多时候，我们已经不会好好说话了。

餐厅里，对服务员颐指气使的大有人在，为上菜慢一点、点错了一个菜就大发雷霆的也不在少数，更不要提有些人的故意刁难。

有一次，我看到一个所谓的成功人士，因为包间服务员关门的声音大了一点，眉头一皱，指着服务员厉声说："你，出去，别回来了！"这已经不仅仅是不好好说话的问题了，而是没教养。

几乎所有服务业的从业人员，都一肚子的委屈，因为他们能听到正常的、有教养的对话少之又少。很多人一遇到自认应该"被服务"的环境时，就不自觉地放下自己平素的教养，暴露出连自己都会被吓一跳的粗鄙的一面。

我和很多人一样，曾对电话推销烦不胜烦。

直到有一天，我无意中注意到一幅巨大的楼盘广告，突然想到刚刚给我打电话推销房子的女孩，她急促而认真地说位置说价格说优势，而我冰冷地说"我不要"挂了电话。这一刻，我突然想起那个被我粗暴拒绝的女孩儿，她也有自己的喜怒哀乐，有自己的悲欢离合，那么高的楼那么多的房子，他们要这么一个个电话打下去，需要多大的勇气和力量啊！她不过是在完成自己的工作，她是那些高耸的楼房背后看不到的隐形人，却也有着真实敏锐的情感啊。我为什么不能客气而礼貌地拒绝她呢？

从那之后，我再也不会火冒三丈或冷冰冰地粗暴打断推销电话，还是会拒绝，但会客气一点："谢谢你，我不需要。"

电话那端和我们一样谋生也谋爱的陌生人，值得被尊重。

教养，应该是一个人综合表现出来的素质吧，是温文尔雅，是彬彬有礼，是举止得当。而一个人最基本的教养，难道不是好好说话吗？

对家人好好说话，对朋友同事伙伴好好说话，对陌生人好好说话，对世界好好说话，你自然也就会得到世界好的回应。即便是爱，用坏的方式来表达，也会令人厌恶。所以，你当然应该对亲近的人好好说话。

而所谓的教养，是即便面对一个陌生人、一个服务员、一个问路者、一个推销员，也能好好说话。

毕竟，你怎么对待这个世界，这个世界就会怎么回敬你。

年轻时候太闲，未必是好事

在最需要学习最需要努力的时候，却无所事事地追求什么“稳定地闲着”，这是一种巨大的青春浪费，更是一种对自己不负责任的态度。

我认识的一个姑娘跳槽，薪水翻倍，待遇极好，我们都替她开心。

到新公司两天后，她在群里慌慌地说：“怎么还没给我安排具体工作，我就这么闲着，觉得心好慌啊。”

她之前的工作节奏紧凑，但能够接触新事物，学得多、学得快，所以想要换个环境时，众多公司向她伸出橄榄枝，可谓炙手可热。

当然会有人瞠目结舌：“这么好的工作谁不想要啊，还真有闲出毛病来的？”但更多人会点点头：“年轻的时候太闲，未必是什么好事。”

工作中无所事事和把时间浪费在美好的事物上，是截然不同的两个概念。

后者是一种生活态度。

而前者，往往直接关乎经济基础乃至生活质量。一般情况下，在工作中很闲甚至无所事事的人，大都薪水微薄，不过是靠着惰性维系着而已，不想去努力，浪费时间，消磨斗志，年轻时那点梦想都被淘洗个精光后，学习的欲望和能力也消失殆尽。到最后，成了可有可无的人，想一想，这真是苍白人生的第一步啊。

但，是你先缴械投降，任由“闲着”掌控你的人生，自然也就要面对它露出狰狞的面容。

另有姑娘对我倾诉说，她一直在纠结要不要辞职。

她在一间小公司做会计，公司业务不多，她就更闲散了。她说日日在这里发呆，时间倒是大把，但都被浪费了，薪水又不高……这大概就是传说中的“稳定地穷着”吧？——且慢，又不是事业单位或者公务员，公司职员哪里敢谈什么“稳定”啊？！

这是“不稳定地穷着”啊。

我建议她，没找到更好的机会前，不妨先把时间用起来，读书、学习、充实自己，内心充盈，眼界放宽，你就会越来越清楚自己想走什么样的路，想变成什么样的人。而不仅仅是双手空空，只向天空大喊“世界那么大，我要去看看”。

讲真，你若身无长物，就算出去转一圈，最终还是会回到类似的环境，做一份自己不喜欢的工作，拿那点微薄的薪水，就这样而已。

那天看我妹发了条朋友圈，血槽满满地说又要开始学一门新课程了，还真是令我刮目相看，这些年她真是没有停下过学习的脚步。

当初她以本科学历进一所高校工作，虽然是英语专业八级，但在一所金融专业见长的大学里也真的不算什么，只能做辅导员。每天处理好学生们的大事小情就可以了，空余时间特别多。

这大概是父母辈眼里特别期待女孩子能从事的工作，相对稳定，工作不忙。但对她而言闲着实在太无趣，仿佛人生一眼就能看到头。

于是，她利用课余时间练习口语，考取口语等级证，凡有外宾来访，她都是钦点的随队翻译；学跳舞，练瑜伽，学少儿英语……从前觉得工资低时间多，人闲得心慌，想到未来就恐惧；如今上班下班忙得很充实，赚得多，时间用得紧俏，最要紧是开心。

所谓的财务自由，所谓的经济独立，更多时候是靠你积极向上的心态来营造的。动辄投资收益以亿论的赵薇很精彩，月薪五千小白领理财赚了几百块也觉得很舒服，那份由内而外对自己的认同，对人生更高的追求，才是最动人的光彩。

如果工作真的挺闲，甚至让你觉得闲得发慌，这说明你的内心并不认同自己此刻的状态，那个真正的你想要做一些改变，TA 希望你能够成为更好的自己。

应该尝试着做一些改变，学习，进步，改变自己的状态，而不是沉溺在一无是处的闲适里，不要在十年二十年后后悔地说那句锥心却无用的“如果我早一点……”

我从来不鼓励过度使用自己，人生一定要张弛有度啊。

工作要认真投入积极努力，让自己成为工作中不可或缺的一环，让工作成为自己人生中价值体现的一个方面；而生活中则要打理好方方面面，会精打细算地花钱理财，也会优哉游哉地喝茶旅行无所事事。

但是在最需要学习最需要努力的时候，却无所事事地追求什么“稳定地闲着”，这是一种巨大的青春浪费，更是一种对自己不负责任的态度。尽量多学一点东西，让自己的内心能够充实，至少在你需要的时候不会因为身无长技而满心慌乱。

而在努力之余，你才能够有闲情逸致把时间浪费在美好的事物上，忙碌之后的风轻云淡，拼搏之后的闲云野鹤，才是令人快慰而满足的。

年轻时候，太闲未必是一件好事。

最怕你人到中年，却发现身无长技

那些无论何时都有勇气颠覆一切重新开始的人，往往都有过人之处，他们不把自己禁锢在某个标签里，不会在悠长的岁月里，任自己的梦想坍塌，不敢动弹。

跟很久不见的朋友喝茶聊天，到后半段开始慨叹人生。

我们相识于年少时，看着彼此两手空空地到社会上打拼，也曾少不更事畅谈过光荣梦想，也曾以为可以亲手创造辉煌让别人瞻仰，她曾为爱不顾一切，我也在不知天高地厚的时候认为自己独一无二跟谁都不一样……

转眼十多年，我们的话题从那些风轻云淡豪情满怀，渐渐变成了欲言又止，谈到人生各种不如意而我们居然都心知肚明，甚至默然接受，才惊觉已经人到中年。

她感慨工作种种不如意，领导的神挖坑，同事的小算计，客户的难缠，家人的不理解……外人看她是名校毕业，进入大公司工作，出入高档写字楼，光环闪耀，其中甘苦只有自己知道。“有时候真不想干了。”她苦笑着说。

我忍不住讲出那句最残忍又最真实的话：“若是离开现在的平台，

失去了现在公司的光环，你还能拿到现在的薪水，获得更大自我价值的体现吗？”她黯然地摇了摇头。

当初选择到这家公司，她也是力排众议破釜沉舟的，最重要的原因是，专业不对口。她是名校毕业的高才生，学了好几年的专业丢下了去做一份根本没有什么专业要求的工作，家人亲朋都觉得可惜。但她最终还是以为了爱情、为了高薪的名义，选择了现在的公司。

工作没多久，她就发现自己做错了选择，这份工作对她那颗热切的事业心而言，就是一块鸡肋。

她的优点是头脑清晰，适合做市场类的工作，但这个职位却让她每天应对无数糟心事，大部分就是跟同事扯皮，或者跟客户扯皮……她掏空自己疲于应付，做得很不开心。

如果早一点下定决心离开，重新来过，也好吧？她当时却犹豫了。

毕业两三年后她就结婚了，过了一两年生了孩子，这些人生大事发生时总觉得工作还是稳定一点好，尽量不要动荡。

等孩子该上小学，一切看上去都尘埃落定了，她发现自己年纪也大了，知识也没更新过，早就失去了竞争力，再找任何一份工作，都不会比现在赚得多，而且再找一份工作她有可能得从头学起，丢人都丢不起。她郁闷地说：“现在才发现，我一技之长都没有，除了现在的这份工作，靠什么吃饭？！”

这件事，成了死循环。

一份工作失去了实现自我价值的功能，而只剩下“聊以度日”这个目的，实在是值得警惕。更可怕的是，有的人到三十岁之后就提前进入“前退休状态”，所有的一切都以“保住工作”为目的，因为一旦失去这份工作，以他虚弱无比的竞争力，大概就很难在社会上立足了。

不仅是不自信，更是因为身无长技，还没有学习愿望和知识更新的能力，把他扔到弱肉强食的职场上去，只有被年轻人或者更强人才凌虐践踏的份儿。

曾有人苦恼地说领导要求他们转型做新媒体，“可是我们都四十多岁的人了，哪里学得来那个嘛！”鄙薄着领导的种种，更要紧的是想尽办法不被下岗或者辞退，否则一生功力全废，下半生有多悲催就更不可想象。

这种人不在少数，甚至是人群中的大多数。

失去一份工作就失去了赖以生存的饭碗，不过是因为没有真正的技能，所以平台就成了他的全世界，必须倾力去攀附。

而那些有一技之长的人，却总能活得游刃有余。

看我周围如今活得理直气壮的，多是身怀绝技的朋友——有人会做衣服，有人会画画，有人设计做得很棒，都自动散发出“走遍天下都不怕”的气息。

人到中年却发现身无长技，没有一技之长傍身，才是可怜又可悲的内心状态。

因为此时，已经没有了年轻时“随时可以从头重来”的勇气和冲动，也没有了可以放弃一切的资本，除了自己，还多了家庭的负累，更不要提社会舆论与人际压力，谁都不想成为别人眼里的loser，而仿佛只要有一份工作，就是一个社会标签，就可以获得一份认可。

最终，就会被禁锢在这个标签里，哪怕自己再痛苦、再难过，也不敢动弹，生怕建筑在这之上的梦幻城堡随时坍塌——尽管这城堡你盖得那么粗糙不堪，充满着郁郁寡欢的气息，人人都看得出你不开心，可是你还是决定要继续这么坚持下去。

那些无论何时都有勇气颠覆一切重新开始的人，往往都有过人之处，或有一技之长，或曾经历经过岁月风雨积攒了足够多的经验，不是人人都能成为褚时健，因为你没有他所拥有过的过去。

我特别怕成为一个这样的人。

我怕自己人到中年，突然发现除了要紧紧维系住一份工作来获得社会认可之外，再也没有什么好紧张、好骄傲的事情了。

我怕自己并不热爱一份工作，甚至做得很痛苦时却要为了一份薪水，为了一个标签而一直做下去，十年，二十年，三十年，一直到退休之日，才长舒一口气。这胆战心惊勉力维系的几十年，会淤积下多少灰暗的情绪多少黯然神伤啊？

这样的人，周围有好多，他们认为“做自己喜欢的事情”是一种奢侈，认定坚持是一种负责任，甚至会看不起那些有勇气改变的人，认为他们不过是穷折腾，哪怕有人功成名就，他们也不过是撇撇嘴：“当初还不是跟我一样？”

若是再没有点其他的兴趣爱好，大多数的他们都会变得死气沉沉，毫无乐趣。

我认识一个做家具生意的大叔，身家不菲。

他说自己当年之所以想要做生意，就是因为在一个悠闲的单位上班时，突然觉得自己在浪费人生——去办公室喝茶、看报纸，上班下班，日复一日，每一天都知道第二天会发生什么，甚至知道下周会发生什么。于是扔掉了铁饭碗，下海做起了生意。

年轻时没有做出的努力，没有纠正过的选择，没有为人生做过的每一次奋斗，最后都可能会导致日后逐渐走上苟且过活的路，渐渐就麻木了，就无所谓了。

到突然内心阵痛的年纪，却也无济于事了，一切都来不及也更没有勇气改变了。

若说人生有很多悲戚的时刻，那么，人到中年却发现身无长技，绝对是其中之一。因为你的人生突然在这里被卡壳，退不回，进不了，你只能任凭命运摆布，做它的傀儡，却安慰自己说："平凡人生，大抵如此。"

什么时候都不晚，去找一点属于你自己的特别技能，无论是你在职场中的竞争力，还是一技之长，让它成为你的骄傲你的标签你赖以生存的技能，无论走到哪里，你都身怀绝技，这才是最赞的事情。

做朋友，也要有分寸感

所谓的分寸感，是对人与人之间距离的把握，是对彼此差距的认知，也是一种相互尊重，一种自我保护。

有个我不怎么熟悉的人，忘了在什么场合见过一面，加了微信，从此就孜孜不倦地骚扰我。

隔三差五就给我发消息：帮忙投票呗！帮忙给我的第一条朋友圈点赞啊！帮忙点击一下这篇文章吧！你昨天朋友圈里的那个东西是在哪里买的，链接发给我咯……到最后他甚至问我，能不能给他写一篇文章，他要给自己的行业杂志投稿？！

被骚扰了一段时间之后，我终于把他删除了。

他居然重新申请加我：你怎么把我删了啊，你是不是操作失误了？！

我的天！

微信的存在，某种程度上抹杀了分寸感这件事。

它不像是微博，陌生人给你发私信，若是你不回，那么它就一直在陌生人的那个信箱里待着。微信只要加了“好友”，就好像真的有一种是好友的错觉了。

以至于，一些根本不熟悉的人，或者陌生人，也完全踩踏着分寸感，争先恐后地来争夺你的注意力，瓜分你的时间，甚至，扰乱你的情绪。

从前用 QQ 的时候，至少你还得在电脑上登录，所以有时候你不在线，别人发了消息你没回，不会被怪罪；而现在微信在你的手机上，你好像就“有责任”随时随地回应否则就会被认为傲慢、无理、不尊重人……这种距离感的缺失，在某种程度上导致我们渐渐失去了人与人交往的分寸感。

所谓的分寸感，是对人与人之间距离的把握，是对彼此差距的认知，也是一种相互尊重，一种自我保护。

当你产生误解，认为自己跟其他人是非常平等、靠得很近时，会有一种“绝对平等”的错觉，而一旦差距显露，沟壑出现，巨大的落差所形成的心理波折，就可想而知。

有个朋友给我发微信说：“看到了吗，某某刚买了新车，差不多一百万，真能显摆！”我呵呵哒，没回他。

他提到的那个人，自己开公司赚得盆满钵满，住别墅开豪车是早几年就实现的事儿，这些我们私下里都知道，只是这次在朋友圈里发了一下刚换的新车而已，就被不那么熟悉的人八卦，有意思。

我们在现实中跟朋友交往的时候，都会比较有分寸，除非是关系非常亲密的朋友，否则很少会有人口不择言，也不会任意评价什么。

但是在微信上，我们就不。

在朋友圈里点评的时候，会由着性子评论，我们会略带嘲讽地批评那些跟自己并不熟的朋友，甚至跟关系没有熟到份儿上的朋友说一些平时绝对不会说的话。

网络缩小了我们的距离，但是切记，那种缩小根本没有你想的那么夸张。

我拉黑了一个在朋友圈评论里开黄腔的男性朋友，换在现实场合中，想来他是绝对不会讲的，可是到了微信里，到了朋友圈里，就变成了可能。

前段时间，一个多年未见的朋友加了我微信。

我们从前也没有多熟稔，经年不见，彼此的状况都没什么了解，现在她在哪座城市，做什么工作，有什么样的生活，我一无所知。讲真，也并不好奇。

那天我忙得团团转，截稿日期在即，心里都快着火了，加了她之后打了个招呼我就摩拳擦掌准备写稿了。她发了几条消息过来，我看了一眼也没什么重要的事儿，跟她说了一声“不好意思我在忙”就把网络关了。每当需要非常专注地写稿时，我都会这么做，否则太费时间了。

一个小时后我再开微信时，看到她发来的十几条消息，最开始还是寒暄，再后来就是愤怒质问了：“你变化好大，现在怎么对人爱理不理的？”

我无语了。

为什么一个人对于打扰别人会这么理所当然理直气壮？当你听到别人说在忙的时候，难道不应该知趣地消停一会儿吗？为什么我们在生活中能做到的事情，在网络上却完全做不到呢。

还有一种特别不见外爱谈心的人，更可怕，他们可能根本没有听说过“分寸感”这个词，他们积攒了太多的苦闷和牢骚，千头万绪就想找个人发泄。

这种人非常“自来熟”，聊几句之后他们就会把你视为知心人，大事小情都会跟你说，无论是领导骂她了，还是同事发生矛盾了，或者跟老婆吵架了，又或者其他的大事小情，他们都会毫不见外地把你当作情绪垃圾桶，倾诉不够，还得问：“你说，我说得对不对，我做得对不对？！”

我始终认为，人与人之间，是要有点分寸感的。不但你跟周围的人应该有，跟自己的父母也应该有，陌生人之间更应该有。

我给出建议的时候，也一定是站在你几米之外，哪怕再设身处地，也无法以你的思维方式考虑问题，这是现实。

因为你自己的人生，别人是无法参与的，这种分寸感能够很好地界定我给出的建议或者意见只是我个人的想法，我需要谨慎地提醒你我可能会这样做，而你未必，重要的是你要自己思考。

许多人渴望有亲密无间的友谊，想想看，许多亲密无间的友谊最后可能会翻船，因为失去分寸感的感情可能会因为有恃无恐而导致更加剧烈的反目。过于亲密的友谊很容易突破分寸感，互相之间的隐私都心知肚明，到要翻脸成仇的时候，都成了相互攻击的武器。

分寸感不是疏远，不是冷落，不是傲慢，更不是不尊重；而是我们站在自己的角度上，清醒地认识自己的位置，懂得自己的分寸，对自己有清醒的认知。

唯有如此，我们才能够更好地尊重别人，妥善安顿我们的友谊和感情。

图书在版编目（CIP）数据

你不必活在别人的期待里 / 小木头著 . — 南昌：百花洲文艺出版社，2017.3
ISBN 978-7-5500-2049-8

Ⅰ . ①你… Ⅱ . ①小… Ⅲ . ①随笔—作品集—中国—当代 Ⅳ . ① I267.1

中国版本图书馆 CIP 数据核字（2016）第 322380 号

出 版 者　百花洲文艺出版社
社　　址　江西省南昌市红谷滩世贸路 898 号博能中心 A 座 20 楼　　邮编：330038
电　　话　0791-86895108（发行热线）0791-86894790（编辑热线）
网　　址　http://www.bhzwy.com
E-mail　bhzwy0791@163.com

书　　名　你不必活在别人的期待里
作　　者　小木头
出 版 人　姚雪雪
出 品 人　李国靖
特约监制　何亚娟　王　瑜
责任编辑　王丰林
特约策划　刘洁丽
特约编辑　刘洁丽　王俊艳
封面设计　林　丽
封面绘图　禾　亭
版式设计　王雨晨
经　　销　全国新华书店
印　　刷　北京市兆成印刷有限责任公司
开　　本　1/32　880mm × 1230mm
印　　张　10
字　　数　211 千字
版　　次　2017 年 3 月第 1 版
印　　次　2017 年 3 月第 1 次印刷
书　　号　ISBN 978-7-5500-2049-8
定　　价　36.00 元

赣版权登字：05-2016-429